Über das Buch

»Als Referendar ist man ja eigentlich auch noch Schüler«, weist Oberstudienrat Jakob Hiener den angehenden Lehrer Michael Ritter in die Schranken. Und achtet darauf, dass am Goethe-Gymnasium von Heßlinghausen alles seinen altbewährten Gang nimmt. Doch dann versetzt eine Forderung des Kultusministeriums die Lehrerschaft in helle Aufregung. Während Ritter in seine pädagogischen Aufgaben hineinwachsen muss, nebenher sogar zum Spezialisten für die Förderung Hochbegabter wird – wenn auch nicht freiwillig – und für eine ganz besondere Geschichtsstunde Karl Marx ins Klassenzimmer holt, rüstet der »etablierte Lehrkörper« zum Aufstand, der dann doch nur ein Sturm im Wasserglas ist. Sönke Zankel erzählt humorvoll vom Lehreralltag und davon, wie Schule ist, wie sie nicht sein darf und wie sie sein sollte.

Über den Autor

Sönke Zankel, geboren 1973 in Itzehoe, Studium der Fächer Geschichte, Wirtschaft/Politik, Deutsch, Philosophie und Evangelische Religion in Kiel, Promotion in München, arbeitet als Lehrer an einem Gymnasium in Schleswig-Holstein und an der Universität Kiel im Bereich der Lehrerbildung. Zankel lebt in Hamburg.

SÖNKE ZANKEL

SMARTPHONE IST EIN MENSCHENRECHT

WAHNSINN SCHULE

EULENSPIEGEL VERLAG

Der Neue

Er wollte gerade seine rechte Hand aus der Tasche nehmen, um sie in Richtung Türgriff auszustrecken. Aber so weit kam sie nicht. Die Tür öffnete sich von der anderen Seite und eine nicht bezifferbare Menge an kleinen Menschen stürmte hinaus. Das Geschrei war so laut, dass das Läuten der Schulglocke unterzugehen drohte. Kurz wunderte er sich darüber, wie die Schüler zeitgleich mit dem Klingeln den Schulhof betreten konnten. Eigentlich hätten sie doch erst den Weg vom Klassenzimmer zum Haupteingang zurücklegen müssen. Schnell wurden seine Gedanken von dieser Frage abgelenkt, denn zahlreiche Sechstklässler riefen sich die Frage zu: »Wer ist der denn?« Ihm war klar, dass sie ihn meinten, und er war sich nicht sicher, was er davon halten sollte. Eine nette Begrüßung sah anders aus.

Die etwas später kommenden älteren Pennäler hingegen waren dezenter, fast ignorant. Sie schauten so, als hätten sie ihn nicht gesehen oder als sei er gar nicht existent. Erst als er sich auf einer Höhe mit den Entgegenkommenden befand, spürte er, wie ihre Pupillen in Richtung Augenwinkel wanderten, um möglichst unauffällig einen Blick auf den Neuling zu werfen.

Das Gebäude war der Stolz der Kleinstadt Heßlinghausen, ein Bau aus der Kaiserzeit, imposant inszeniert, und dennoch wirkte es kalt. Die hohen Decken und der endlos erscheinende Flur gaben ihm sofort das Gefühl, unbedeutend zu sein. Bunte Wände, wie man sie aus Gesamtschulen kannte, waren hier offensichtlich verpönt. Die weiße Tapete hatte sich in ein tristes Grau verwandelt. Hier gab es noch kein Farbfernsehen, hier gab es nur Schwarz, Weiß und viel Grau.

Das galt auch für die Bildergalerie. Es war keine, wie er sie in seinem Praktikum an der Anne-Frank-Schule an den

Wänden gesehen hatte: künstlerische Ergüsse von Fünft- bis Dreizehntklässlern, die meist mehr den guten Willen als Talent erkennen ließen. Hier verzichtete man auf solche pädagogischen Motivationsspiele und dokumentierte stattdessen acht Gemälde mit alten, ehrwürdigen Männern, die Ernsthaftigkeit, Entschlossenheit und prätentiöse Jovialität ausstrahlten. Darüber prangte ein silbrig-metallenes Schild mit schwarzen Buchstaben: »Sie führten uns auf den richtigen Weg!«

Beim näheren Herantreten konnte er erkennen, dass es sich um die ehemaligen Rektoren dieser Lehranstalt, des Goethe-Gymnasiums, handelte. Alle wirkten ähnlich: Man konnte kaum einen Unterschied erkennen zwischen Friedhelm Neuenburg, der von 1902 bis 1920 die Schule geleitet hatte, und dem Rektor Wilhelm Markenstein, der den einstweiligen Schlusspunkt der Ahnengalerie darstellte und hier bis zum Jahr 1996 für Recht und Ordnung gesorgt hatte. Etwas weiter entfernt konnte Michael Ritter noch eine kleine Vitrine erkennen, in der Pokale ausgestellt waren. »Erfolge bei der Biologieolympiade« war darüber zu lesen.

Der Eingang zum Lehrerzimmer befand sich daneben. Er kannte den Weg, denn er war bereits einmal dort gewesen, als er sich beim Rektor vorstellen wollte. Der hatte jedoch kaum Zeit für ihn gehabt und ihm nur kurz die beiden wichtigsten Räume im Haus gezeigt: als erstes sein Büro und dann das Lehrerzimmer.

Er betrat dieses nun nicht ohne Spannung und Vorfreude auf die Kollegen, die er zum ersten Mal sehen würde.

Kaum hatte er die Türschwelle übertreten, als eine Stimme ertönte, die er nicht lokalisieren konnte: »Du bleibst schön draußen!«

Er drehte sich um und fragte sich, wer wohl gemeint sein könne. Aber hinter ihm stand niemand.

»Bist du schwerhörig?« Die Stimme wurde schneidender. Er sah einen Mann auf sich zukommen: Mitte fünfzig, korpulent, wenig Haare, Hemd urinfarben, braunes Cord-Sakko mit schwarzen Flicken an den Ellenbogen und mit einer Krawatte, die in den achtziger Jahren sicher einmal modern gewesen war. Hier sollten bürgerliches Establishment und die harte Hand der Staatsmacht inszeniert werden.

»Wie oft muss man euch das eigentlich noch erklären: Im Lehrerzimmer habt ihr nichts zu suchen!«

Offensichtlich hielt ihn diese biedere Lehrergestalt für einen Schüler. Sollte er sich freuen, dass man ihn, der kurz vor seinem dreißigsten Geburtstag stand, noch für einen Schüler hielt? Oder sollte er seinem Gegenüber süffisant mit den Worten begegnen: »Und wer sind Sie? Der Hausmeister?« Er verkniff es sich, meinte stattdessen betont neutral: »Mein Name ist Michael Ritter. Ich bin der neue Referendar.«

»Oh! ...« Die etablierte Lehrkraft stockte, auch wenn es zum Gefühl des peinlich Berührten nicht reichte. »Aber als Referendar ist man ja eigentlich auch noch Schüler.« Der Mann versuchte witzig zu sein, löste aber beim angehenden Lehrer nur ein gequältes Lächeln aus. »Hiener, Oberstudienrat Jakob Hiener«, stellte er sich vor.

Hiener, Lehrer für Mathematik, Physik und Philosophie, gab Ritter kurz und kräftig die Hand, wünschte ihm einen guten Start und verschwand dann wieder in der Ecke, aus der er gekommen war.

Da stand der Referendar nun und versuchte, die auf ihn einstürzenden Eindrücke aufzunehmen. Es schien ein heilloses Durcheinander zu herrschen. Eine Lehrerin sortierte einen großen Stapel von Kopien, ein Kollege packte gerade ein Käsebrot aus einer alten, anscheinend noch aus der Nachkriegszeit stammenden Brotdose aus, ein anderer protestierte, er werde diesen Stundenplan nicht akzeptieren, ein Vierter rief, während er den Raum betrat, die Schüler würden sich jeden Tag schlimmer aufführen, und eine ältere Lehrerin saß in einer Ecke und wimmerte vor sich hin: »Ich schaff das nicht, nicht noch ein Jahr, ich schaff das nicht.«

Michael Ritter beschloss, sich einen Platz zu suchen. Viele Möglichkeiten blieben ihm nicht, denn die meisten

Stühle an den neun oder zehn Tischgruppen, die den Raum füllten, waren besetzt. Er spähte einen freien Platz aus, begab er sich dorthin, zog den Stuhl vom Tisch weg und wollte seine Beine in eine Neunzig-Grad-Stellung bringen, um sein Gesäß auf den Stuhl zu befördern, als ihm die inzwischen bekannte Stimme zurief: »Halt, stopp!«

Er sah Jakob Hiener auf sich zu galoppieren. »Da sitzt Kollege Bachmann, seit vierunddreißig Jahren. Die Plätze für die Referendare sind dort hinten.«

Hiener wies in eine Ecke des Raumes, die das Licht der Deckenlampen kaum noch erhellte.

Ritter war irritiert. Er bewegte sich nicht, sondern verharrte mehrere Sekunden in einer Stellung genau zwischen Stehen und Sitzen. Hiener sagte nichts, aber zeigte wie ein Straßenpolizist in weißem Mantel, der den Verkehr zu regeln hat, mit strengem Blick und ausgestrecktem rechten Arm in Richtung Referendarsquartier. Es fehlte nur noch der Pfiff mit der Trillerpfeife.

Als Ritter den Tisch für den Lehrernachwuchs sah, traute er seinen Augen nicht. Er war deutlich kleiner als die anderen, auch die Stühle schienen nur die Hälfte der Größe der normalen Exemplare zu haben. Er fühlte sich an die Familienfeiern in seinem Elternhaus erinnert. Damals mussten die Kinder an einem gesonderten Tisch Platz nehmen, wo alles kleiner war als in der Welt der Erwachsenen: der Tisch, die Stühle, die Teller, das Besteck, die Gläser. Die waren mit Bildern von Ernie und Bert, Krümelmonster und Samson verziert. Mit seinen Cousinen und Cousins hatte er rumgealbert, über tatsächliche und besser noch über angeblich erlebte Abenteuer gesprochen, und sie hatten sich ihre Kindergeheimnisse zugetuschelt, von denen die Erwachsenen nichts mitbekommen durften. Das war aufregend gewesen und machte doch irgendwann keinen Spaß mehr. Er hatte nicht mehr dort sitzen wollen. Doch erst sein bestandenes Abitur führte den Familienrat zu dem Beschluss, ihn an den Tisch der Erwachsenen zu befördern.

Und nun sollte er wieder bei den Kleinen sitzen? Und das, obwohl er sein Hochschulstudium mit den Fächern Deutsch und Geschichte doch recht ordentlich absolviert hatte? Ihm blieb anscheinend keine Wahl.

Als er auf dem Stuhl Platz genommen hatte und an den Tisch heranrücken wollte, stießen seine Knie an die Tischplatte. Seine ein Meter fünfundachtzig sprengten wohl die Norm der Referendarsgröße an dieser Schule. Er musste sich parallel zum Tisch setzen.

Bis zu seiner ersten Unterrichtsstunde hatte er noch Zeit. Er griff zu den Zeitschriften, die sich auf dem Tisch stapelten: die Mitgliederzeitschrift des Philologenverbandes und die von der GEW, der Gewerkschaft Erziehung und Wissenschaft. Letztere bestach durch das Titelblatt, auf dem eine attraktive junge Lehrerin abgebildet war: schlank, lange blonde Haare, im Hintergrund leicht verschwommen eine Gruppe von jungen Menschen, die an Tischen saßen und fleißig arbeiteten. Die Lehrerin lächelte so freundlich und warmherzig, dass sich Ritter kurzzeitig wünschte, sie kennenzulernen. So waren also nach Meinung der Gewerkschaft die jungen Lehrkräfte: sympathisch, engagiert – und dann sahen sie auch noch gut aus.

Er blätterte durch das Magazin und las die Überschriften: »Finnland zeigt: Die Gesamtschule ist besser« oder »Gute Bildung braucht mehr Geld«. Beim Anzeigenteil stockte er. Von einigen Annoncen für günstige Klassenfahrten abgesehen, gingen die Werbeanzeigen alle in die gleiche Richtung. Er las Zeilen wie: »Erschöpft? Migräne? Tinnitus? Wir helfen Ihnen.« Oder: »Sucht, Depression, Angst, Burn-Out? Wir bieten Sofortaufnahme. Hochintensive und individuelle Therapien für Privatversicherte und Beihilfeberechtigte.« Oder: »Spannen Sie in der Fachklinik für psychosomatische Erkrankungen in Apenhöhe mal richtig aus.«

Es existierte offensichtlich ein lukrativer Markt, und die Zielgruppe, das wurde ihm schlagartig klar, saß in diesem Lehrerzimmer. Das löste ein Unbehagen in ihm aus. Intuitiv drehte er sich um und schaute zu der Lehrerin, die ihm am Anfang schon aufgefallen war. Immer wieder klagte sie vor sich hinmurmelnd, sie schaffe nicht noch ein weiteres Jahr. Stand diese Frau kurz vor einem Nervenzusammenbruch? Ob er zu ihr gehen und sie auf die gerade entdeckten Kleinanzeigen aufmerksam machen sollte?

Schnell verwarf er seine Überlegung. Den ersten Kontakt zu den Kollegen mit Ratschlägen über eine geeignete Psychotherapie aufzunehmen, wäre gewiss kein guter Einstand. Doch die Anzeigentexte hatten ihn in eine bedenkliche Stimmung versetzt. Sollten das die Aussichten des Lehrerberufs sein? Würde er selbst in zwanzig Jahren in einer Ecke sitzen und vor sich hinjammern?

Kurzentschlossen wischte er die Gedanken weg, griff in seine Tasche und holte einen Schreibblock hervor, auf dem er sich am Abend zuvor für die einzige Stunde am heutigen Tag Notizen gemacht hatte. Mit dem eigentlichen Unterricht wollte er noch nicht beginnen, vielmehr sollten sich die Schüler erst einmal ausführlich vorstellen. Das sei sinnvoll, hatte er im Studium gelernt. Ihm wäre auch gar nichts anderes übrig geblieben, denn er hatte nicht den blassesten Schimmer, was man in der zehnten Klasse in Geschichte überhaupt durchnahm.

DIE ERSTE STUNDE

»Herr Meierhold …?« Referendar Ritter erkannte seinen Mentor wieder. Die Bilderwand im Lehrerzimmer mit den Konterfeis aller Lehrerkräfte und einem Hinweis auf ihre jeweiligen Unterrichtsfächer war also doch hilfreich, auch wenn sie ihn an polizeiliche Fahndungsplakate erinnerte.

Meierhold nahm Ritters entgegengestreckte Hand an und wirkte zugleich gehetzt. »Ich muss dringend in die 7d, großes Problem mit Mobbing. Wir sprechen später, nach der sechsten Stunde im Lehrerzimmer. In Ordnung?«

Eigentlich wollte Ritter seinen Betreuer noch fragen, ob er in seiner ersten Stunde etwas Besonderes zu beachten habe. Aber der war schon davongebraust und der Referendar sah nur noch eine Staubwolke des schulischen Engagements.

Als Ritter den Klassenraum der 10d betrat, schien ihn niemand zu beachten. Zwei Schüler zogen wie beim Tauziehen an einer Federtasche, ein anderer malte einem Fußballspieler, der auf einem Poster abgebildet war, einen Schnurrbart und weitere zwei schrieen sich an, dass jeweils der andere angefangen habe.

Sein Plan stand fest und entstammte DEM Buch: »Grundlagen des Lehrerverhaltens« von Friedemann Gippert.

Für eine Prüfung in Pädagogik hatte er es lesen müssen und sich dabei ziemlich gelangweilt. Nun würden sich die damals als verschwendet erachteten Stunden auszahlen. Das Buch, das aus der Feder seines Pädagogikprofessors stammte, konnte nun zum ersten Rettungsanker im realen Schulleben werden. Denn hier wurde nicht theoretisch über Schule gesprochen – wie sie angeblich ist, wie sie nicht sein darf und wie sie sein sollte. Hier befand man sich im Kampfgebiet.

Ritter befolgte die erste Grundregel des Buches, die er am Abend zuvor noch einmal nachgelesen hatte: Ohne etwas zu sagen stellt sich die Lehrkraft vor die Klasse und schaut die Schüler nur an. Die Gelassenheit des Lehrers würde sie einem Naturgesetz gleich zur Ruhe bringen: »Bin ich selber ruhig, werden auch die Schüler ruhig sein«, hatte er damals in der Prüfung den Inhalt des Buches wiedergegeben und das zufriedene Nicken seines Prüfers Friedemann Gippert geerntet. Der Professor für Schulpädagogik hatte sein eigenes Buch als »Standardwerk zum Lehrerverhalten« bezeichnet und den Studenten bei jeder sich bietenden Gelegenheit empfohlen, doch einmal »in den Gippert« hineinzuschauen. Dort fänden sie alles, was man in der Schule für ein konstruktives Lehrer-Schüler-Verhältnis und einen zielorientierten Unterricht brauche.

Da stand er nun und schwieg, gefühlte zwanzig Minuten. Die Lage blieb unverändert, abgesehen vielleicht davon, dass der Machtkampf um die Federtasche zugunsten des einen Jungen ausfiel und dieser daraufhin mehrmals mit der Beute auf den Kopf seines Kontrahenten eintrommelte. Ritter wurde nervös. Er überlegte krampfhaft, ob der renommierte Pädagoge unter seinen Ratschlägen einen Plan B angeboten hatte. So sehr er sich anstrengte, es fiel ihm nicht ein. Womöglich hatte er diese Seiten überlesen.

Doch wie durch ein Wunder wurde es nun doch ruhiger in der Klasse.

»Guten Morgen.«

Die Klasse antwortete mit einer Mischung verschiedener Begrüßungsformeln. Ein recht anständiges »Guten Morgen« kam aus der Reihe der Mädchen, die Jungs ganz hinten quälten sich hingegen ein absichtlich lustloses »Hallo« heraus.

»Mein Name ist Michael Ritter, ich bin euer neuer Geschichtslehrer. Wir werden das verbleibende Schuljahr zusammenarbeiten. Daher wäre es sicher ganz gut, wenn wir uns erst einmal kennenlernen. Ich würde es prima finden, wenn wir alle Tische beiseitestellen und einen Stuhlkreis bilden.«

»Dann machen wir heute keinen Unterricht«, triumphierte einer der Jungen und schlug die Hände mit denen seines

Nachbarn zusammen, danach die Fäuste, die Bäuche und die Füße.

Es dauerte mehrere Minuten, bis der Klassenraum seine neue Ordnung hatte. Die Schüler ließen sich Zeit, um sich körperlich beim Bänkerücken und Stühletragen nicht zu überanstrengen und auch der Gefahr zu entgehen, womöglich am Ende der Stunde doch noch »richtigen Unterricht« machen zu müssen.

Als die Klasse endlich im Stuhlkreis saß, konnte Ritter in die Gesichter der Kinder blicken. Eigentlich sind es keine Kinder mehr, aber wirklich erwachsen sind sie auch nicht, dachte er. Drei Stunden Unterricht lagen hinter ihnen, eine Reise nicht nur zwischen verschiedenen Fachdisziplinen, sondern auch eine Anpassung an Unterrichtsweisen verschiedener Lehrkräfte: erst Mathematik bei Oberstudienrat Hiener, von dem die Eltern als strengem Lehrer, die Schüler als »Riesenarschloch« sprachen, dann die immergleichen Geschichten und selbstherrlichen Ausführungen beim Religionslehrer Doktor Paulus, schließlich Biologie bei Frau Siegmann. Und das war wie Mathematik bei Hiener, nur ohne Zahlen. Beide Lehrkräfte hielten sich nicht nur für allwissend und unfehlbar, sondern sahen sich selbst als Fels in der Brandung, die gegen die Werte der alten Schule anzurollen und Disziplin, Gehorsam und die Wahrung von Hierarchien hinwegzuspülen drohte.

Ritter griff nach einem Stuhl, setzte sich in die Mitte des Kreises und leitete noch einmal ein: »Ich habe mir überlegt, dass wir uns erst einmal vorstellen, um uns kennenzulernen. Damit wir nicht alle durcheinander reden, habe ich diesen kleinen Ball mitgebracht.«

Er hielt mit seiner rechten Hand einen kleinen Schaumstoffball hoch. Die Zehntklässler blickten etwas verwirrt auf das Runde in der Hand des Lehrers.

»Es spricht immer derjenige, der den Ball hat. Stellt euch dann kurz vor, sagt, wie ihr heißt, welche Hobbys ihr habt, was ihr an der Schule mögt, was ihr nicht mögt. Und wenn jemand nichts mehr sagen möchte, dann wirft er den Ball vorsichtig zu einer Mitschülerin oder einem Mitschüler.«

Es herrschte Ruhe. Ritter war überzeugt, ganz tief in die pädagogische Trickkiste zu greifen, indem er sich mit seiner Vorstellungsmethode am Gippert orientierte. Das war modernste Pädagogik, nah am aktuellen Forschungsstand, und empirisch belegt sollte sie auch sein. Er sah sich schon als einen der besten Referendare die zweite Phase der Lehrerausbildung beenden.

Vorsichtig warf er den Ball einem Mädchen zu. Es hatte längere dunkle Haare, zum Pferdeschwanz zusammengebunden, und trug ein rotes Hemd, bei dem die obersten Knöpfe offenstanden, aber nur so weit, dass man ihr keine unsittliche Kleiderordnung vorwerfen konnte.

»Ich bin Katharina. Meine Hobbys sind Lesen und Reiten. An der Schule mag ich nicht die vielen Hausaufgaben und strenge Lehrer. Ich mag Geschichte.«

Ritter atmete tief durch, das war ein Volltreffer, perfekte Spieleröffnung.

»Und ich hoffe, dass das auch so bleiben wird«, ergänzte die Sechzehnjährige.

Das war wohl als Warnung zu verstehen. Michael Ritter rutschte auf seinem Stuhl weiter nach hinten, direkt an die Lehne heran und drückte seinen Rücken in eine gerade Linie. Haltung annehmen, Ernsthaftigkeit ausstrahlen und dem Schüler Aufmerksamkeit und Interesse signalisieren.

Katharina gab den Ball zu ihrer Nachbarin. Das war laut Gippert nicht geplant. Der Ball hatte die Funktion, zu verhindern, dass nur eine Gruppe innerhalb der Klasse das Gespräch übernahm, sondern ein fortlaufender Wechsel zwischen den Geschlechtern und Gruppierungen stattfände. Sollte Referendar Ritter intervenieren? Besser nicht, dachte er. Abwarten. Keine Konflikte heraufbeschwören. An der Uni kursierten schlimme Gerüchte über die Schüler: »Haben die dich einmal auf dem Kieker, kannst du dein Testament machen.« »Da herrscht das Recht des Stärkeren, und gegen die sind wir chancenlos.« »Die machen dich fertig.« Solche Sätze verbreiteten am liebsten die Studenten, die nicht das Lehramt anstrebten oder nach dem ersten Praktikum davor geflüchtet waren.

»Ich bin Maria, spiele gerne Handball, ich mag Bio bei Siegmann nicht, da geht es meist nur um Vererbungslehre.« Schallendes Gelächter durchbrach die bis dahin herrschende Stille. Alle wussten, was das junge Mädchen in dem bunten T-Shirt damit sagen wollte – nur Ritter konnte das Lachen nicht deuten.

Wieder wanderte der Ball einen Platz weiter, die Aussagen wiederholten sich. Die Jungen wurden unruhig, tippelten mit den Füßen auf dem Boden, schauten bewundernd auf ihre topmodernen Sportschuhe und begannen zu flüstern. Ritter verstand zwar nicht, worum es ging, wusste aber, dass er zur Methode von Gippert zurückkehren musste, um zu verhindern, dass der geordnete Ablauf ein abruptes Ende nahm.

»Vielleicht könntest du jetzt den Ball mal zu einem Jungen werfen, damit die auch drankommen.«

Die männliche Front quittierte diesen Hinweis mit kollektivem Murren. Die Schülerin folgte der Aufforderung und warf den Ball vorsichtig von unten in Richtung eines Mitschülers, der seine straßenköterblonden, etwas längeren Haare so ins Gesicht gekämmt trug, dass man kaum seine Augen erkennen konnte. Seine Kleidung sollte wohl vor allem Lockerheit signalisieren: ein luftig geschnittener Pullover sowie eine Hose, die bis in die Kniekehlen herunterhing und einen breiten Streifen seiner karierten Unterhose sehen ließ. Lässig fing er den Ball mit der linken Hand, sagte, er heiße Jannik, spiele gerne Computer und Schule würde ihn total langweilen, nur Geschichte sei ganz in Ordnung.

»Schleimer!« und »Wie schwul ist das denn?«, ertönte es von der Herrenriege, die ihre Abneigung mit wegwerfenden Handbewegungen unterstützte. Bei den Mädchen schien eine solche Aussage toleriert zu werden, bei den

Jungs wurde mit dem Bekenntnis zu einem Schulfach wohl ein gewisser Ehrenkodex durchbrochen. In Heßlinghausen herrschten noch klare Geschlechterrollen.

Jannik war aber keiner derjenigen, die sich ohne Gegenwehr alles gefallen ließen. Er nahm den Ball und warf ihn einem ähnlich gekleideten Mitschüler zu. Der Ball prallte am Oberkörper ab, der Getroffene nahm ihn jedoch flink auf und warf ihn mit voller Kraft zurück auf Jannik.

Der pädagogische Schaumstoffball, der jede Einstiegsstunde laut Gippert zu einem Erfolg werden lassen sollte, mutierte zu einem Wurfgeschoss. Jannik konnte gar nicht so schnell gucken, wie der Ball flog – direkt an seinen Kopf. Die anderen Jungs lachten, grölten und forderten die beiden Kontrahenten zum Duell auf, indem sie wie auf Kommando im Chor gleich einer Horde Fußballfans riefen: »Wir wollen euch kämpfen sehen, wir wollen euch kämpfen sehen …«

Augenblicklich sprangen die beiden von ihren Stühlen hoch und stürmten aufeinander zu. Die anderen Jungen schlossen in Windeseile einen Kreis um die Kämpfenden.

Der kleine Schaumstoffball kullerte Ritter vor die Füße.

LEHRERKOLLEGEN

Meierhold kam schnellen Schrittes ins Lehrerzimmer, erblickte Ritter, nickte ihm kurz zu, verlangsamte seine Geschwindigkeit und warf einer jungen Lehrerin die Worte zu: »Heute Abend ist Schulkonferenz, dann lässt er die Katze aus dem Sack!« Er beschleunigte wieder, bremste kurz vor dem Tisch ab, an dem der junge Kollege saß, wollte Platz nehmen, stieß sich das linke Knie und einen kurzen Schmerzschrei aus. »Diese scheiß Referendarstische!«

Noch immer schnell atmend, fragte Meierhold: »Wie war die erste Stunde?« Eine Schweißperle entfloh einer seiner Geheimratsecken, schlich über die leicht faltige rechte Augenpartie, um dann kurz vor ihrem Sprung auf den Boden von Meierhold mit einem Taschentuch aufgesogen zu werden. Weißes Hemd, hochgekrempelte Ärmel, dunkelblaue Jeans. Die verbliebenen Haare waren morgens sicher geschickt gekämmt worden, um ihre Einsamkeit zu kaschieren, jetzt strahlten sie eine gewisse Konfusion aus.

Ritter war unsicher, ob er mit offenen Karten spielen sollte. Was würde der Mentor zu dem Debakel seiner ersten Stunde sagen?

»Wir haben uns erst einmal kennengelernt. Lief wirklich gut, kleinere Unterrichtsstörungen konnte ich schnell unter Kontrolle bringen. Habe mich am Gippert orientiert.«

Er versuchte, Zufriedenheit auszustrahlen und zu dokumentieren, dass er alles unter Kontrolle und zudem die wissenschaftliche Basis der eigenen Unterrichtsplanung unter Beweis gestellt hatte.

»Gippert, na gut.« Meierholds Stimme verriet Zweifel. »Was gab es denn für Probleme?«

Eine gefährliche Frage. Kurs halten oder Kehrtwendung? Ritter musste sich schnell entscheiden.

»Ein paar Jungs nahmen das Kennenlernspiel mit dem Schaumstoffball phasenweise nicht ernst genug. Die wollten Ärger machen, aber da habe ich gleich einen Riegel vorgeschoben.«

»Kennen Sie die Biografie von Gippert?«, wollte Meierhold wissen.

»Professor für Schulpädagogik …«

»Nein, vorher?« Der Mentor unterbrach den Referendar etwas harsch. »Der hat das Referendariat nach vier Monaten abgebrochen und war danach in Therapie. Anschließend kam er an der Uni Freiburg unter, weil sein Onkel da Professor war. Promotion, Habilitation, dann einen Lehrstuhl an der Goethe-Universität in Frankfurt. Und heute der Experte für Schulpädagogik!« Die Ironie raubte seinen letzten Worten den wörtlichen Sinn.

»Aber wenn alles gut geklappt hat, dann ist das ja in Ordnung.« Meierhold beschwichtigte etwas, und der Referendar atmete auf.

»Waren Sie in der 10d?«

Die Stimme überschlug sich fast. Ritter und Meierhold drehten sich um in Richtung Tür des Lehrerzimmers. Da stand sie: Die Hände zu Fäusten geballt und an die Hüften gepresst, ein hellbrauner Sportanzug, der einer Uniform glich. Die Frisur stammte vom »Salon Erika«, zwei Straßen neben der Schule: kurz geschnitten, leicht gescheitelt, der Standardschnitt der fünfundfünzigjährigen Friseurin Erika, übertragbar auf alle Generationen und Geschlechter. Angeblich frisierte sie auch den Pudel von Bürgermeister Ölberg. Hier verließ der Fünfjährige den Salon ebenso wie der vierzigjährige Bauarbeiter oder eben wie sie: Sieglinde Siegmann, Fachlehrerin für Biologie und eine Lehrkraft vom – wie sie selbst immer wieder betonte – alten Schlag.

Im Lehrerzimmer herrschte Totenstille. Siegmann kam auf die beiden zu, als würde sie Anlauf nehmen. Die Kollegen taten so, als arbeiteten sie weiter, beobachteten aber das Geschehen möglichst unauffällig aus dem Augenwinkel.

»Die Klasse sah aus wie ein Saustall! Wenn Sie denken, dass das hier läuft wie an der Uni, dann haben Sie sich aber ganz gewaltig getäuscht.«

Siegmann legte die volle Wucht ihrer Entschlossenheit in die Betonung des letzten Wortes und kniff dabei die Augen zu einem vernichtenden Blick zusammen, mit dem sie den Referendar fest anpeilte.

Der schaute mit weit aufgerissenen Augen auf die Person, die Ankläger, Richter und Henker in Personalunion zu sein schien. Dann drehte er sich hilfesuchend zu Meierhold um, der jedoch wie gelähmt schien, um schließlich, zur Besinnung gekommen, zu fragen: »Was war denn los, Kollegin Siegmann?«

»Alle Tische standen am Rand, die Stühle in wild durcheinander in der Mitte, mehrere – ich betone mehrere – lagen auf dem Boden. Was da alles passieren kann!«

Ritter war ahnungslos: »Was kann denn da passieren?«

»Stellen Sie sich vor, da tritt ein Schüler unglücklich auf einen Stuhl, der wild im Raum liegt!«

»Ach so, Verletzungsgefahr!« Ritter schien zu verstehen.

»Dann geht der Stuhl kaputt! Unsere Schule hat eh kaum noch Geld, da brauchen wir nicht Leute wie Sie, die alles blindwütig zerstören.«

»Herr Ritter ist heute den ersten Tag hier«, versuchte Meierhold sie zu beruhigen, obwohl Ritter seiner Stimme auch Angst entnehmen konnte.

»Und wenn er noch gar nicht da wäre, dann wäre mir das auch egal. Das will ich nicht noch einmal sehen. Verstanden!«

Sieglinde Siegmann streckte ihren Zeigefinger Ritter fast direkt ins Gesicht, kniff wieder die Augen zusammen, zog den Finger ruckartig weg und schwirrte davon, um sich nach zwei Metern noch einmal umzudrehen und den Zeigefinger abermals bedrohlich auf den angehenden Lehrer zu richten.

»Na, was haben unsere beiden Referendare denn da wieder angestellt?«

Oberstudienrat Hiener kam aus einer Ecke herbeigeschlendert, in der er wie in einem Hinterhalt gelauert hatte, und strahlte Zufriedenheit über das ganze Gesicht aus. Hatte er doch Meierhold zu verstehen gegeben, dass der mit seinen paar Dienstjahren im Vergleich zu ihm noch immer ein heuriger Hase sei und sich zudem noch eine Gehaltsstufe unter ihm befand.

DIE SCHULKONFERENZ

Das Lehrerzimmer füllte sich. Lehrkräfte und Vertreter der Elternschaft trafen nach und nach ein. Auch Schüler durften den ansonsten hermetisch abgeriegelten Raum betreten.

Doktor Manfred Schröder, Rechtsanwalt und Vorsitzender der Schulkonferenz, saß bereits auf seinem Platz im Zentrum der extra für den Abend in U-Form aufgestellten Tische. Um eine indifferente Miene bemüht, ließ er seine Blicke durch den Raum schweifen. Immer wieder verwunderte ihn die Unordnung. Da standen Kassettenrekorder auf dem Fußboden, daneben lagen große zusammengerollte Plakate, auf dem Tisch dahinter befanden sich Berge mit kopierten Arbeitsblättern, daneben Klassenarbeitshefte. Zwei Heftstapel hatten sich aufgelöst, einige Exemplare waren zur Seite heruntergerutscht, in der Mitte vermischten sich die Diktate aus der 5a mit der Deutsch-Klausur aus dem zwölften Jahrgang.

Rechtsanwalt Schröder missbilligte zutiefst solche Nachlässigkeiten, die sich diese Lehrkräfte zu leisten wagten. Wurden sie nicht von Vater Staat mit dem Beamtenstatus geschützt wie einige verbliebene Urwaldbäume von radikalen Umweltschützern? In solchen Momenten hätte der Anwalt bei manchem am liebsten persönlich die Motorsäge angelegt und alles in Stücke gesägt, um es in seinem 50 000-Euro-Kachelofen zu verfeuern. Die Schule als Biotop für Arten, die in der freien Wildbahn längst ausgestorben wären, das durfte man nicht dulden! Gleichzeitig schätzte er aber das Gymnasium mit seiner soliden bürgerlichen Bildung, die seine drei Kinder hier erhielten und die er als Eintrittskarte für den gesellschaftlichen Aufstieg ansah.

Eine Minute vor achtzehn Uhr betrat Schulleiter Egbert Seifert den Raum und ging auf Doktor Schröder zu, der sich von seinem Platz erhob, um Seifert mit kräftigem Handschlag zu begrüßen. Der Schulleiter nahm Platz und legte auf dem Tisch seinen Aktenordner ab, der die Nachricht enthielt, von deren Existenz der Flurfunk am Vormittag schon berichtet hatte. Angeblich sollte eine komplette Erneuerung anstehen. Nichts würde so bleiben, wie es war, hatte man sich zugeflüstert.

Die meisten der anwesenden Lehrkräfte blickten leicht verängstigt auf den Ordner. Die Eltern nahmen ihn ebenso wenig wahr wie die Schüler, die miteinander tuschelten und kicherten.

Allmählich kehrte Ruhe ein, Manfred Schröder erhob sich. »Meine Damen und Herren, ich begrüße Sie zur ersten Schulkonferenz in diesem Halbjahr. Vor sich sehen Sie die Tagesordnung. Gibt es Änderungswünsche?« Der Jurist blickte in die Runde, niemand meldete sich. »Dann stimmen wir über die Tagesordnung ab. Gibt es Gegenstimmen? … Enthaltungen? … Damit ist die Tagesordnung einstimmig angenommen. Somit kommen wir zu den neuen Lehrkräften, wobei wir hier nur eine Veränderung zu verzeichnen haben. Herr Ritter, der neue Referendar, darf ich Sie in die Mitte bitten.«

Ritter erhob sich und stellte sich vor den gruppierten Tischen auf. Er kam sich vor wie ein Angeklagter. Er ließ seinen Blick durch die Runde wandern. Unter den Elternvertretern nahm er neben dem in edlen Zwirn gekleideten und streng schauenden Schröder mehrere Mütter wahr, die ihm aufmunternd zunickten. Auf der anderen Seite saßen die Schüler, die abwartend wirkten. Katharina aus der 10d war auch dabei. Auf der dritten Seite saßen die Lehrer. Ritter streifte ihre Blicke und endete bei Sieglinde Siegmann, die in diesem Moment ihre Augen zusammenkniff.

»Mein Name ist Michael Ritter, ich bin Referendar für die Fächer Deutsch und Geschichte. Ich freue mich sehr auf die Zeit hier am Goethe-Gymnasium. Ich hoffe, dass ich Ihren Kindern, euch Schülern, viel beibringen kann.«

Einige der Mütter nickten ihm wieder zu, die Schüler schienen auch nicht unzufrieden, die Mehrzahl der Lehrer war mit anderen Dingen beschäftigt. Einer korrigierte noch ein Heft, der Nächste notierte sich etwas in sein Notenbuch, der Dritte blätterte in einem Katalog, den er sich kurz vor der Konferenz aus dem Reisebüro geholt hatte. Sie alle hatten vermutlich schon zweihundertfünfzig Mal die nach immer gleichem Ritual ablaufende Vorstellung neuer Referendare und Lehrer gehört.

Die Konferenzleitung entließ Ritter, bot ihm jedoch an, der Sitzung weiterhin beizuwohnen. Der Referendar folgte dem Angebot, denn die gegenteilige Entscheidung hätte möglicherweise als Desinteresse am schulischen Geschehen gedeutet werden können.

»Wir kommen dann zum Tagesordnungspunkt zwei: Bericht der Schülervertretung.«

Mit Katharina erhob sich gleichzeitig Birte Menzen, eine der jungen Lehrkräfte, seit zwei Jahren verbeamtet, engagiert, bei den Schülern beliebt und seit sechs Monaten Vertrauenslehrerin an der Seite von Meierhold. Meierhold war seit nunmehr fünfzehn Jahren Vertrauenslehrer am Goethe-Gymnasium, nur ab und an wechselte die weibliche Unterstützung an seiner Seite. Die Wahl zum Vertrauenslehrer lief so ab, wie Meierhold es von früher kannte. Aus dem Lehrerkollegium erfuhr niemand etwas von dieser Wahl, und die Schüler als Wahlvolk hatten immer nur genau zwei Personen für zwei zu wählende Vertrauenslehrer zur Auswahl: ihn und diejenige, die er für geeignet hielt. So sah der schulische Alltag des Lehrers aus, der 1998 die Fachzeitschrift »DemokratieDidaktik Rostock« gegründet hatte.

Die junge Lehrerin berichtete im Wechsel mit der Zehntklässlerin über die derzeit laufenden Aktivitäten der Schülerschaft. Schnell kamen die beiden auf das Hauptprojekt zu sprechen.

»Wie Sie ja alle wissen, planen wir für dieses Halbjahr einen Projekttag zum Thema ›Wir für soziale Gerechtigkeit‹.«

Oberstudienrat Jakob Hiener streckte beide Hände gen Zimmerdecke und signalisierte damit einen Antrag zur Geschäftsordnung. Konferenzleiter Schröder blieb nichts anderes übrig, als dem Lehrer das Wort zu erteilen.

Hiener trug seinen Einwand vor: »Ich erfahre hier zum ersten Mal von dem Vorhaben. Wir sollten über so ein Projekt gesondert unter einem extra Tagesordnungspunkt beraten und nicht nur en passent darüber informiert werden.«

Birte Menzen schaute verwundert zu dem Oberstudienrat. Der Projekttag war bereits zwei Mal in der Schulzeitung »Bildung fürs Leben« angekündigt worden. Hiener selbst war verantwortlich für die Organisation und Gestaltung des Blattes. Er bekam dafür zwei Ausgleichsstunden, und jeder wusste, was das übersetzt in reale Geldeinheiten hieß: monatlich 260 Euro netto. Dafür verantwortete er vier Mal im Jahr die Herausgabe einer vierseitigen Bleiwüste. Journalistischer Tiefpunkt waren die Beiträge eines Sportlehrers, der einmal im Quartal die Schulöffentlichkeit über die neuesten Fundsachen aus der Sporthalle informierte: Sportschuhe in Größe 38, T-Shirts und Schlüpfer von Fünftklässlern. Die Zeitung war so langweilig, dass anscheinend nicht einmal Hiener als Herausgeber sie las.

Birte Menzen vermied die Konfrontation und wies keinesfalls darauf hin, wie haltlos Hieners Vorwurf war. Charmant sagte sie: »Ich bin ja als junge Kollegin noch recht neu hier an der Schule und verlaufe mich hin und wieder, weil ich die Strukturen noch nicht so durchschaut habe wie Sie, Herr Hiener, als erfahrener Kollege.«

Jakob Hiener lehnte sich weit in seinen Stuhl zurück, blickte auf seine Fingernägel, als wolle er prüfen, ob alles in Ordnung sei, und gab dann Birte Menzen mit einem gönnerhaften Zunicken zu verstehen, dass er das genauso sehe. Auch Schulleiter Seifert tauschte mit einigen der älteren Kollegen Blicke. Alle zeigten Verständnis für das laienhafte Vorgehen der Junglehrerin und sahen das Kompetenzmonopol Hieners und seiner Altersgenossen in allen schulischen

Fragen bestätigt. Es gab also keinen gesonderten Tagesordnungspunkt, und alle schienen zufrieden.

Lediglich Religionslehrer Doktor Paulus wollte etwas beitragen. Als er sich jetzt erhob, fiel Ritter auf, dass er so aussah, wie Kinder Gott malen. Ein langer weißer Rauschebart ergänzte die längeren grauen Haare, die jedoch nicht mehr zahlreich auf seinem Kopf zu finden waren. Oben glänzte eine Halbglatze. Eine Nickelbrille beritt die Nase. Normalerweise trug Paulus eine graue Strickjacke, heute hatte er sich aber fein gemacht. Zu einem verwaschenen grauen Hemd trug er ein schwarz-weiß kariertes Sakko, das die Freunde der Unterhaltungskunst zweifellos an Gottlieb Wendehals erinnerte, verstärkt noch durch eine schwarze Hose, die etwas zu kurz geraten war und weiße Socken hervorblitzen ließ. Das wirkte nicht sonderlich göttlich, aber wiederum sehr eigen und selbstbewusst. Paulus meldete sich seit einer halben Minute, bis ihm Doktor Schröder endlich das Wort erteilte.

»Ich finde, diese Projektidee ist wahnsinnig toll!« Paulus machte eine Pause, um sich der Aufmerksamkeit der Anwesenden zu versichern, und fuhr fort: »An dieser Stelle möchte ich noch einmal an mein Ruanda-Projekt erinnern. Dabei geht es um …«

Die Schülervertreter verdrehten die Augen. Sie wussten, was nun kommen würde. Sie kannten das Ruanda-Projekt in all seinen Facetten. In 85 Prozent seiner Stunden berichtete Paulus davon: angefangen in der fünften Klasse bis hin zum Abitur. Dabei war es völlig gleichgültig, ob sie ihn gerade in Religion oder seinem zweiten Fach Deutsch hatten. Das Thema war: Kinder in Ruanda.

Manchem Schüler mit schneller Auffassungsgabe gelang es sogar, die Geschichte des jungen Bizimana wörtlich mitzusprechen, wenn Paulus loslegte. Über ihn hatte der Oberstudienrat promoviert: »Bizimana, eine qualitative Studie über das Leben eines ruandischen Zwölfjährigen in einer westlichen Industrienation.« Grundlage bildete eine zweiwöchige

Reise des kleinen Bizimanas nach Deutschland, finanziert durch eingeworbene Projektgelder. Der Junge aus Ruanda hatte bei Paulus und seiner Frau gewohnt und musste sich als einzige Gegenleistung die merkwürdigen Fragen seines Gastvaters beim Abendessen gefallen lassen. Dann hatte Paulus in den ersten vier Wochen der Sommerferien einhundertzehn Seiten zu Papier gebracht, fünf davon sein »akademischer Lebenslauf«, der solche bedeutenden Stationen festhielt wie die Mitwirkung beim Umzug der Fachschaft Theologie. All das hatte Paulus bei dem einzigen Professor für Religionspädagogik im Bundesland als Dissertation eingereicht und damit seinen akademischen Titel erworben.

Fast fünfzehn Minuten monologisierte Paulus schon, dann kam der Satz, den die anwesenden Schüler befürchtet hatten: »Wir könnten euer Projekt doch mit dem Ruanda-Projekt zusammenbringen. Eine Aktion für die Kinder in Ruanda. Das wäre doch großartig.« Paulus strahlte.

Die Schüler waren schockiert, wie aber sollten sie es fertigbringen, ihre Meinung kundzutun? Was sollte man denn dagegen sagen, einen Projekttag für Kinder in Ruanda zu organisieren und dabei sogar noch Geld für sie zu sammeln? Immerhin gaben einige Schüler zumindest in der Abstimmung ihrer Ablehnung Ausdruck, aber da alle anderen Anwesenden dafür stimmten, stand fest: In diesem Halbjahr würde es einen weiteren Projekttag zugunsten der Paulus-Kinder in Ruanda geben.

Fünf weitere Tagesordnungspunkte liefen glatt durch, dann übergab Doktor Schröder Schulleiter Seifert das Wort. Die meisten der Lehrer waren bisher wenig aufmerksam gewesen, und auch einer der Väter hatte nichts weiter getan, als zwei Schüler, die »Schiffe versenken« spielten, fasziniert zu beobachten. Wahrscheinlich fühlte er sich an seine eigene Schulzeit erinnert.

Seifert versuchte wie stets, weltmännisch aufzutreten. »Meine Damen und Herren, ich habe keine guten Nachrichten.«

Pause. Der Oberstudiendirektor kostete die Ruhe aus, das gespannte Warten auf seine nächsten Worte und auch die Angst, die er bei den Lehrkräften spürte. Hätten sie nicht am Vormittag etwas über die Botschaft gehört, die sie, wie Hiener bemerkt hatte, als Nachkommen Hiobs empfangen sollten, dann hätten Sie spätestens bei dieser Einleitung geahnt, dass nichts Gutes bevorstand.

»Wie Sie alle wissen, ist die finanzielle Lage unseres Bundeslandes katastrophal. Die Landesregierung hat ein Sparkonzept vorgelegt, das auch für uns erhebliche Veränderungen mit sich bringen wird.«

Veränderungen – dieses Wort hassten Hiener und seine Kollegen. Seifert fuhr fort: »Wir haben nach Meinung der Landesregierung personelle Überhänge an den Gymnasien und eine Unterversorgung an den Hauptschulen.«

Hauptschule! Eine Überdosis an Adrenalin schien die Lehrkräfte in gesundheitsgefährdende Zonen zu befördern. Hauptschule, das klang in ihren Ohren noch schlimmer als das Wort Veränderungen.

»Wir müssen zum Schuljahresende zwei Lehrkräfte an die Theodor-Heuss-Hauptschule abgeben. Es tut mir leid, Ihnen das mitteilen zu müssen.«

Kein Mucks war zu hören. Die Atmosphäre glich einer Trauerfeier in dem Moment, in dem der Sarg in die unterirdischen Gefilde des Krematoriums befördert wird. Hauptschule, und dann noch die Heuss-Hauptschule! Tägliche Gewalt, schimpfwortlastige Kommunikation und Schüler, die sich dem Unterricht verweigerten und Unmengen an legalen und illegalen Drogen konsumierten. Die Lehrer des Goethe-Gymnasiums mieden es, überhaupt an der benachbarten Schule vorbeizugehen, sofern sie zum Mittagessen in die Stadt eilten, weil sie nachmittags Unterricht hatten. Sie nahmen dann lieber das Auto, um nicht den rauchenden, auf den Boden spuckenden Migrantenkindern zu begegnen. Wenn sie vorbeifuhren, schauten sie gerne selbstzufrieden aus dem Fenster ihres Mittelklassewagens und hatten das Gefühl, auf der Gewinnerseite des Lebens zu stehen.

»Das ist eine bodenlose Frechheit!« Hiener durchbrach das Schweigen. »Man kann doch nicht uns Oberstudienräte … Wir sind Wissenschaftler und keine Sozialpädagogen.«

»Und ich bin promoviert!«, empörte sich Paulus.

AUF EINEN ABSACKER

Adriano begrüßte die Gruppe freundlich, Hiener sogar mit Handschlag. Der Italiener war in Heßlinghausen eine ausgewiesene Adresse. Nicht zu teuer, aber teuer genug, damit es sich nicht jeder leisten konnte. Eltern und Lehrkräfte waren unter sich, die Schüler nach Hause gegangen.

»Adriano, bringst du allen einen Sambuca, geht auf meine Rechnung.« Hiener ließ seinen Finger einmal in der Runde kreisen, zeigte sich großzügig und signalisierte, dass man ihn hier kannte.

»Gibt es was zu feiern?«, wollte Adriano wissen, was mit lautem Gelächter der Gymnasiallehrer quittiert wurde.

»Feiern? Ja, wir feiern unser Ende. Die wollen uns an die Hauptschule versetzen. An die Hauptschule!« Paulus legte den vollen Ekel in die Betonung des letzten Wortes, so als habe er versehentlich angesäuerte Milch getrunken.

Sie saßen an zusammengestellten Tischen aus dunklem Massivholz, auf denen weiße Tischdecken mit Plastikblumen standen, daneben lagen die Bierdeckel. An der Wand hingen Malereien, die das kleine Dorf in Sizilien darstellten, aus dem Adriano kam. Stilistisch erinnerten sie an Exponate von Schülern. Hinter dem Tresen zapfte Adrianos Frau das Bier, und der sechzehnjährige Sohn Francesso brachte den Sambuca zu den Gästen. Er hatte die fünfte Klasse des Goethe-Gymnasiums besucht, um dann aufgrund seiner »ungenügenden Mathematikkenntnisse« – so schrieb es Klassenlehrer Hiener in sein Gutachten – nicht zur Realschule, sondern direkt auf die Hauptschule nach nebenan zu gehen. Vater Adriano legte wenig Wert auf die schulische Bildung, er brauchte Francesso in seinem Restaurant und wünschte sich, dass sein einziger Sohn später einmal das Geschäft übernähme.

»Auf dass wir niemals zur Heuss müssen! Das kann man mit uns nicht machen!« Der Spender prostete in die Runde und konnte eine gewisse Solidarität ausmachen, scheinbar auch bei den Eltern. Die waren mit ihren Gedanken aber zumeist woanders.

»Wenn die mich an die Heuss versetzen, dann schmeiß ich alles hin.« Hiener zeigte Stärke und drohte den nicht anwesenden Politikern. Ritter konnte das nicht ganz einordnen und fragte ihn, was er dann machen wolle.

»Dann geh ich ins Ausland. Sollen die doch sehen, wie sie hier zurechtkommen.«

Ins Ausland? Wo sollte er denn hingehen? Mitte fünfzig und nie etwas anderes gesehen als die Schule: erst vierzehn Jahre bis zum Abitur, dann an die Universität und gleich wieder zurück an die Schule. Doch Hiener hielt sich offensichtlich für einen intellektuellen Global Player, den die Regierung, wenn sie denn einigermaßen bei Trost wäre, mit Steuervergünstigungen und endlosen Subventionen von der Abwanderung abzuhalten versuchte.

»Die wissen nicht, was sie tun!« Paulus stimmte Hiener zu und fühlte sich zugleich wie Jesus am Karfreitag. Man schien sich einig zu sein.

»Wir sollten doch an die Schüler an der Hauptschule denken und nicht nur an uns. Die brauchen nun mal mehr Lehrer.« Meierhold, der sich auf der Konferenz sehr zurückhaltend verhalten hatte, meldete sich zurück und das mit einem Kommentar, der einer Fahnenflucht glich.

»Darum geht es doch gar nicht. Natürlich muss sich jemand auch um diese Schäflein kümmern. Aber doch nicht wir, dafür sind wir …«

Paulus wirkte noch moderat, sodass Hiener ihn schnell unterbrach.

»Sie sind ja auch für die Gesamtschule!«, feixte der Oberstudienrat in Richtung Meierhold. Kollegen und Eltern lachten kollektiv. Das war ein Totschlagargument. Die Gymnasiasteneltern waren sich einig darin, dass die Gesamtschule und die damit verbundene Durchmischung mit den bildungsfernen Schichten nicht infrage käme. Einer der anwesenden Väter warf ein, dass alle Studien zur Bildungssituation die negativen Auswirkungen solcher Durchmischung belegten. Man wisse doch, dass die Bundesländer mit den Gesamtschulen schlechter abschnitten. Im Gegensatz zum Mainstream der Pädagogikprofessoren sahen die Eltern in diesen Erkenntnissen aber keinen Kritikpunkt, sondern eine Bestätigung der Stärke des deutschen Bildungssystems, das die besten Möglichkeiten bot, die eigenen Sprösslinge von den Hauptschulgängern abzuschotten.

Der Vater führte noch an, dass es doch ab und an einem Arbeiterkind gelänge, den Weg bis zum Abitur zu schaffen. Das zeige doch, dass man es in diesem Land zu etwas bringen könne, wenn man denn nur wolle.

»Längeres gemeinsames Lernen macht durchaus Sinn«, legte Meierhold noch einmal nach.

Aber Hiener wusste bei diesem Heimspiel, welche Argumente er siegorientiert zu bringen hatte: »Für wen denn? Was lernen die Guten, wenn man sie mit den Schlechten in einen Raum steckt? Nichts, dann lernt niemand mehr etwas.«

Manfred Schröder als Elternvertreter ging noch weiter: »Unsere Kinder würden da vor allem etwas über Gewalt, Kriminalität und Drogen lernen. Schauen Sie sich die Heuss-Schule doch mal an. Das ist die reinste Kaderschmiede der Hells Angels.«

Meierhold gab auf. Er sah keinen Sinn darin, hier die Gesamtschulfrage zu diskutieren.

Als Francesso die Vorspeise servierte, kleine gemischte Salate mit einer hausgemachten Knoblauchsauce, wandten sich alle dem Essen zu und ließen es sich schmecken. Nur Referendar Ritter schaute zu. Er hatte sich für eine Portion Pommes entschieden, zu mehr reichte das lausige Referendarsgehalt nicht.

»Haben Sie keinen Hunger?«, wollte eine Mutter wissen, die neben ihm saß.

»Nein, ich habe vor der Konferenz schon gegessen«, log Ritter, der am liebsten alle Salate auf einmal vertilgt hätte.

»Sie unterrichten doch nun in der 10d Geschichte?«

Sie wollte ganz offensichtlich mit ihm ins Gespräch kommen und drehte sich leicht nach links ihm zu. Ihr rechtes Bein schlug sie über das linke, sodass Ritter ihren kurzen Rock und ihre schwarzseiden bestrumpften Beine sehen konnte.

Er war sich unsicher, als er versuchte, ihr Alter zu schätzen. Mit dreiundfünfzig Jahren hatte er sie acht Jahre älter gemacht. Das Rouge und die etwas stark geschminkten Augen hatte er so gedeutet, dass ein paar Jahre unterschlagen werden sollten. Auch die Hände dokumentierten dieses Alter – wie beim Baum die Jahresringe. Schwarze Haare, vermutlich gefärbt, schulterlang und leicht gelockt, das entsprach nicht dem Standardschnitt aus dem »Salon Erika«, hier wollte jemand exklusiver wirken. Die knallrote Bluse war so weit aufgeknöpft, dass er den Ansatz ihres üppigen Busens sah.

»Ich bin Frau Elikopter, die Mutter von Jannik.« Sie schaute zu Ritter herüber und führte langsam ein Stück Peperoni in ihren Mund, um dann zu Protokoll zu geben: »Puh, ist das scharf.«

Ritter wusste nicht, was er tun sollte. Hände auf den Tisch, in die Hosentasche oder gefaltet auf seinen Schoß legen? Er verschränkte die Arme und versuchte sich zu erinnern, wer Jannik war. Erst allmählich dämmerte es ihm, dass das einer dieser beiden Vollchaoten war, die seine Anfangsstunde zu einem Fiasko werden ließen.

»Ich finde es ja gut, dass nun junge Lehrer nachkommen. Die Schule braucht neue Impulse, Lehrer, die sich engagieren. Das vermisst man ja bei so einigen.«

Ritter war beruhigt, sie hatte nicht seine misslungene erste Stunde erwähnt. Als Frischling wusste er noch nicht, dass der Informationsfluss der Schüler zu ihren Eltern mit zunehmendem Alter verebbte. Während der Fünftklässler noch jedes Detail am Mittagstisch berichtete, saß der Sechzehnjährige wortkarg da und wartete ungeduldig auf den Nachtisch.

»Also der Jannik, der wurde bisher ja von niemandem richtig gefördert. Nur von Herrn Hiener, da ist der Unterricht noch anspruchsvoll. Sie wissen sicher, der Jannik ist hochbegabt. Wir haben ihn zwei Mal testen lassen, bei beiden Tests kam ein IQ von 130 heraus. Der ist momentan am Goethe-Gymnasium total unterfordert. Aber Sie werden doch jetzt sicher, Herr Ritter …? Mir hat ausgesprochen gut gefallen, was Sie bei Ihrer Vorstellung gesagt haben. Sie wollen unseren Kindern ja viel beibringen.« Frau Elikopter beugte sich leicht nach vorne, was Ritter einen noch tieferen Blick in ihren Ausschnitt erlaubte.

Er beteuerte, dass er sich die größte Mühe geben werde, und erzählte noch etwas von einem Seminar über Hochbegabung, das er an der Universität besucht und das ihm wertvolle Erkenntnisse für die Arbeit in der Schule geliefert habe.

Frau Elikopter gab sich beeindruckt: »Endlich jemand mit diagnostischen Fähigkeiten. Wir brauchen Leute wie Sie, Herr Ritter!«

Hier konnte Ritter Punkte machen. Dabei war es vollkommen gleichgültig, dass er nur bei zwei Sitzungen des Proseminars »Hochbegabte, eine Herausforderung für das Gymnasium der Zukunft« anwesend war. In sein Studienbuch trug er die Veranstaltung dennoch als belegt ein, irgendwoher mussten ja diese zwanzig Semesterwochenstunden für das Begleitstudium in Pädagogik kommen. Er hätte nicht wirklich etwas Inhaltliches zum Thema Hochbegabung beitragen können, musste es aber auch nicht, denn es folgte eine endlose Tirade über ihren Sohn Jannik und seine Fähigkeiten: wie lerneifrig er in der Grundschule gewesen sei, dass er schon mit sechs Jahren die Grundlagen der englischen Sprache beherrschte, dass er ein fotografisches Gedächtnis habe, dass er bei den Tischtenniskreismeisterschaften im vergangenen Jahr bis ins Halbfinale gekommen war und dass er bei all diesen Vorzügen zudem unheimlich witzig und sympathisch sei. Er spiele nur etwas viel mit seinem Smartphone, aber das sei eben heutzutage so.

Ritter fiel es schwer, die Aufmerksamkeit aufrechtzuerhalten, besonders als das Essen geliefert wurde und Frau Elikopter und alle anderen über die italienischen Spezialitäten herfielen, während der Referendar seine Pommesschranke verschlang. Das Essen reduzierte die Erzählgeschwindigkeit von Janniks Mutter, Ritter befürchtete ein ausbleibendes Ende.

Ihm blieb nichts anderes übrig, als freundlich zu nicken und getaktet alle dreißig Sekunden kurze Laute der Zustimmung zu bekunden, was ihm aber auch ermöglichte, den anderen Gesprächen am Tisch zu lauschen.

Neben ihm saß Religionslehrer Paulus, der einem Mann und einer Frau, Eltern, die er beide aus der Kirchengemeinde kannte, nicht nur über sein Ruanda-Projekt und die dazugehörigen »empirischen Forschungen« berichtete, sondern auch über seine exzellenten Unterrichtsmethoden in Kenntnis setzte. Paulus wusste, dass solche Gespräche wertvoll sein konnten. Hier galt es, Politik in eigener Sache zu betreiben, denn falls sich abzeichnen sollte, dass er an die Heuss versetzt würde, könnte die Elternlobby so manchen Ministerialdirigenten umstimmen. Schließlich war eines klar: Nicht nur die Lehrer fürchteten die Elternproteste wie Schüler die Klassenarbeiten, sondern auch das Ministerium kuschte, sobald Eltern auch nur die Spur von Kampfbereitschaft signalisierten. So manche Lehrer fühlten sich bisweilen bei Streitigkeiten mit Eltern vom Ministerium im Stich gelassen, aber in der Landeshauptstadt zählte nur das Vermeiden von möglichen Gerichtskosten.

Paulus war zertifizierter *Jesuloge.* Damit war er befähigt, den sogenannten Jesulog durchzuführen. Das Prinzip war einfach: Der Jesuloge liest eine neutestamentliche Geschichte vor, stoppt mittendrin, fragt, was die Schüler denken würden, wenn sie beispielsweise der Barmherzige Samariter wären, der den Ausgeraubten am Wegesrand liegen sieht. Einige Schüler antworten aus der Sicht des Samariters, der Jesuloge fasst die Stellungnahme kurz zusammen, liest die Geschichte weiter, fragt, was der Ausgeraubte denkt, wenn ihm ein Fremder hilft. Schüler antworten aus der anderen Perspektive, er fasst wieder zusammen und so weiter und so weiter. Das Prinzip war so einfach wie gut, denn es band die Beteiligten in die Geschichte ein und machte sie nicht zu passiven Zuhörern wie die beiden Eltern bei Paulus' jetzigem Vortrag.

Aber Paulus und seine Frau, Bischöfin der hiesigen Landeskirche, ahnten, dass aus dieser Sache mehr herauszuholen war. Sie boten viertägige Kurse zum Jesulogen an, wofür der interessierte Teilnehmer über 500 Euro zu zahlen hatte. Tatsächlich funktionierte es: Zahlreiche Lehrkräfte und Pastoren aus dem gesamten Land besuchten die Kurse. Sie konnten anschließend sagen, sie seien Jesulogen, das machte sich gut im Lebenslauf.

Als eines Tages eine theologische Fachzeitschrift das Konzept auf eine halbe Seite herunterbrach, die alles sagte, was es darüber zu wissen gab, protestierte das Ehepaar Paulus vehement und wurde sogar bei der obersten Leitung der Landeskirche vorstellig. Man könne die komplizierte Ausbildung zum Jesulogen nicht so vereinfachen, dazu sei die Sache zu vielschichtig. Mit Erfolg: Mehrere Bischöfe, selbst alle Jesulogen, gaben eine Stellungnahme ab, in der darauf verwiesen wurde, dass man den Jesulog nur sachgemäß durchführen könne, wenn man den dazugehörigen Kurs belegt habe.

Das einzig Komplizierte an der Sache war inzwischen die Buchführung, die Paulus allmählich überforderte.

Eigentlich hatte sich Paulus damit ein zweites Standbein aufgebaut. Um ganz aus der Schule auszusteigen, war es allerdings zu früh, schließlich war die Doppelhaushälfte noch nicht ganz abbezahlt. Aber er überlegte, zu expandieren: Vielleicht ließe sich die Methode auf andere Fächer ausweiten, und er könnte vollkommen neue Märkte erschließen.

Allerdings war damit das Risiko verbunden, möglicherweise die bisherige Exklusivität des Jesulogen aufzugeben. Die Frage, ob Jesus die beiden dann endgültig aus dem Tempel jagen würde, stellten sie sich nicht mehr.

»Wissen Sie, es wäre töricht, wenn man mich an die Heuss versetzen sollte. Ich bin durch meine Seminare nicht nur seit Jahren in der Lehrerfortbildung eine ausgewiesene Kapazität, sondern kooperiere an verschiedensten Stellen mit der Universität. Und den Jesulog schätzen meine Schüler sehr.«

Übertreiben veranschaulicht, und diese Veranschaulichung schien die beiden Eltern zu überzeugen. Falsch war das sicher auch nicht, denn die Schüler freuten sich in der Tat auf die fünfzehn Prozent der Paulus-Stunden, in denen er nicht über Ruanda sprach, sondern zumindest eine kleine Variatio in seinen Unterricht brachte.

Ritter fragte sich, ob er die Methode nicht für die eine oder andere Lehrprobe adaptieren könne. Die Prüfer im Fach Geschichte würden sich eh nicht mit den Diskussionen des Faches Religion auskennen, er könnte stattdessen sein fächerübergreifendes Denken dokumentieren, und das wurde schließlich immer gern gesehen.

Dem Referendar fiel irgendwann auf, dass sich nicht nur Paulus in einem nicht endenden Monolog verlor. Auch andere Lehrer redeten auf die Eltern ein, und wo immer er einen Gesprächsfetzen aufschnappen konnte, ging es darum, wie großartig und verantwortungsvoll ihre Arbeit sei. Kamen die Eltern zu Wort, verfielen sie ihrerseits ins Monologisieren, und ausnahmslos ging es um ihre Superkinder. Doch langsam erschöpften sich die Gespräche, und einer nach dem anderen verabschiedete sich.

Schließlich waren Ritter und Hiener die letzten. Der Referendar hatte das Angebot des Oberstudienrates angenommen, noch auf ein Gläschen zu bleiben. So viel Freundlichkeit überraschte ihn, war Hiener ihm doch anfangs harsch begegnet.

»Adriano, mach noch mal einen für uns klar.«

Der Italiener nahm die Sambuca-Flasche und goss in die beiden kleinen Gläser nach. Hiener hatte seinen Krawattenknoten etwas gelöst und saß, den Oberkörper leicht vornüber gebeugt.

»Sie müssen sich ein ganz dickes Fell zulegen, Ritter, sonst überleben Sie die Schule nicht. Da ist man Einzelkämpfer, und das gleich an mehreren Fronten. Vor allem diese vollkommen verblödeten Schüler machen einem das Leben zur Hölle. Die haben von nichts eine Ahnung, aber halten sich für die Größten, weil ihre Eltern ihnen den ganzen Tag nichts anderes einreden.«

Ritter dachte an Janniks Mutter und konnte nicht anders, als seinem Gegenüber zuzustimmen.

Als könne Hiener Gedanken lesen, verwies er auf die Familie Elikopter. Jannik und hochbegabt – das sei der größte Witz der Weltgeschichte. Nichts könne der. Wenn er dessen Mathearbeiten korrigiere, dann frage er sich immer, ob sie ihn als Oberstudienrat bereits an die Heuss versetzt hätten. Grauenhaft, eine Zumutung, Augenschmerzen riefe das hervor, Gehirnzellen baue man dabei in großen Mengen ab. Hiener prostete dem Referendar zu, um dann fortzufahren: Schüler wie Jannik hätte es früher am Gymnasium nicht gegeben. So gesehen sei ihr Goethe-Gymnasium schon eine Gesamtschule. Man müsse mehr aussortieren, das liefe in der freien Wirtschaft auch so.

»In der freien Wirtschaft«, das war für Hiener wie in manchen Lehrerkreisen überhaupt eine Zauberformel. Die einen vermieden konsequent diese Formulierung, andere benutzten sie immer wieder, um zu zeigen, dass sie sich in der Welt auskannten. Die freie Wirtschaft, das war für sie ein monolithischer Block, bei dem die Menschen den harten Gesetzen des Marktes ausgesetzt waren. Kaum einem ihrer Schüler trauten sie dort eine Überlebenschance zu. Und ihren Lehrerkollegen schon gar nicht. Für sich selbst allerdings galt unbedingt, dass sie das Leben dort so bravourös meistern würden, wie es ihnen doch täglich in der Schule gelang. Sie hielten sich für universal einsetzbar, und als Beweis reichte allein aus, dass sie souverän »die freie Wirtschaft« erwähnten.

»Ich komme ja auch aus der freien Wirtschaft, ich weiß, wovon ich rede. Aber diese Gören denken immer nur an Party, Party, Party.« Hiener legte eine gehörige Portion Verachtung in die Betonung.

»Und dann sind Sie trotzdem in die Schule gegangen?«, wollte Ritter wissen.

Hiener zögerte. »Ich komme eher aus dem Umkreis der freien Wirtschaft. Der Vater meiner Frau hat ein Unternehmen geführt, das europaweit agierte. Export von Pumpen aller Art, die waren groß im Geschäft. Das Unternehmen gibt es heute noch. Die sind noch immer im europäischen Markt unter den Top Ten.«

Das muss ein großer Laden sein, dachte sich Ritter und war beeindruckt. Da musste sicher viel Geld im Spiel sein, und Hiener unterstrich den nicht ausgesprochenen Gedanken durch das Bestellen einer weiteren Runde.

»Sind Sie verheiratet?«, wollte Hiener wissen.

Er habe sich direkt nach dem Studium von seiner Freundin getrennt, sei alleine nach Heßlinghausen gezogen und lebe in einer Einzimmerwohnung, gab Ritter Auskunft, während sich Hiener drei Sambuca hintereinander genehmigte, nachdem er Adriano die Flasche aus der Hand genommen hatte.

»Sehr klug, Ritter. Denken Sie daran, wie es ist, wenn man die Haustür öffnet, die Frau hört und man am liebsten gleich wieder zuschließen will und zum Ersatzkanister im Auto greifen möchte. Das macht man natürlich nicht, man ist ja gut erzogen. Stattdessen kommt man rein, und es gibt nur zwei Möglichkeiten: Entweder sitzt sie im Wohnzimmer und grüßt kurz, oder sie steht da, schaut einen verächtlich an und sagt: Ich hab dir schon tausend Mal gesagt, dass du deine Sachen nicht überall rumliegen lassen sollst.«

Jetzt setzte Hiener die Flasche an den Mund an, nahm

einen kräftigen Schluck, legte den Arm um Ritter und meinte, während er in das Nirgendwo des Tresens schaute: »Man kann sich auf niemanden verlassen, aber Sie, Ritter, Sie sind in Ordnung!«

Auch dem Referendar Ritter war der Alkohol zu Kopf gestiegen. Eine Woge der Dankbarkeit stieg in ihm auf, er fühlte sich ins Vertrauen gezogen vom gymnasialen Establishment, das sich ihm sogar in privaten Fragen, so ganz von Mensch zu Mensch offenbarte.

»An den entscheidenden Stellen darf man keine Fehler machen, Ritter. Und ich habe Fehler gemacht, falsch abgebogen. Ich hätte diese verdammte Arbeit schreiben sollen, dann wäre alles anders gelaufen. Nicht diese dämlichen Schüler müsste ich tagtäglich ertragen, sondern ordentlicher Professor wäre ich geworden. Diese verdammte Arbeit, diese verdammte Arbeit ...« Hiener legte seinen Kopf auf den Tresen, die Sambuca-Flasche noch in der Hand haltend.

Ritter erlaubte sich, nachzufragen, um was für eine Arbeit es sich handle. Hiener hob seinen Kopf, stieß mit bedrohlicher Wucht die Flasche auf den Tresen, blickte dem Referendar traurig in die Augen und legte seinen Kopf wieder auf den Tresen, ohne ein Wort über die Lippen gebracht zu haben.

»Seine Doktorarbeit«, flüsterte Adriano Ritter zu. Hiener ergänzte das Soufflieren des Italieners mit der Stimme eines Sprachautomaten einer Servicehotline: »Baruch Spinoza und seine Rezeption im deutschsprachigen Raum im ausgehenden 19. Jahrhundert unter besonderer Berücksichtigung der Altonaer Spinozisten.«

Weder Adriano noch Ritter trauten sich, noch ein weiteres Wort in die Stille hinein zu sagen. Plötzlich erhob sich der Oberstudienrat und sagte mit schneidender Schärfe: »Dann kommt der Paulus mit seinen scheiß Ruanda-Gören dahergelaufen und erhält für diese drittklassige Proseminararbeit auch noch einen Doktortitel. Hundertzehn Seiten. Hundert und zehn! Hundert und zehn ...!«

DIE NERVEN LIEGEN BLANK

Das gesamte Kollegium drängte sich um das Schwarze Brett im Lehrerzimmer. Empörung, Fassungslosigkeit, Aggressionen machten sich breit. Zwar gab es noch keinen Fall, in dem ein Lehrer Amok gelaufen war, hier schien aber nicht viel daran zu fehlen. Der Aushang des Schulleiters Seifert brachte die Hiobsbotschaft nun auch zu den Lehrkräften, die nicht Mitglieder der Schulkonferenz waren und noch nichts über den gestrigen Abend erfahren hatten. Whatsapp und dergleichen nutzte der Lehrkörper nicht, diesen Technikkram lehnte man ab. »Digitalisierung betrifft mich nicht«, hatte Sieglinde Siegmann einmal auf einer Lehrerkonferenz gesagt, als man überlegte, ob sich das Kollegium diesem Thema widmen sollte. Damit sprach sie den meisten aus dem Herzen.

Meierhold und die anderen Teilnehmer der Schulkonferenz, die doch seit rund zwölf Stunden schon Bescheid wussten, wurden mit Fragen bombardiert, die sie auch nicht beantworten konnten. Dann übertönte ein Schrei, der an die schrille Schulklingel erinnerte, das aufgeregte Gerede. Geografielehrerin Schwenkow, die Frau, die Ritter schon am ersten Tag wegen ihrer Jammerei und psychischen Labilität aufgefallen war, war vor dem Schwarzen Brett zusammengebrochen.

Meierhold beugte sich über sie und schlug ihr leicht gegen die Wange. Biologielehrerin Siegmann holte sofort ein Glas Wasser.

Ritter war schockiert. Er stand mitten im Pulk und hörte das Gespräch zweier Kollegen:

»Jetzt hat es wieder einen von uns erwischt.«

»Wenn man all die toten Lehrer zählt, die an der Schulfront gefallen sind, dann sind das mehr als die deutschen

Soldaten, die bei den Auslandseinsätzen ihr Leben lassen mussten.«

»Und die bekommen eine Gefahrenzulage, wir nicht.«

»Natürlich nicht!«

Ritter war leicht verkatert, doch fröhlich in die Schule gekommen. Die Erinnerung an den vorigen Abend war verschwommen, aber dass ihm das Gespräch mit Hiener gefallen und er sich in irgendeiner Weise in den Kollegenkreis aufgenommen gefühlt hatte, wusste er noch. Jetzt kam es ihm so vor, als bedeutete diese Zugehörigkeit, zum Kreise der Verdammten und Gescheiterten zu zählen. Er schob den theatralischen Gedanken beiseite.

»Wo bin ich? Was ist passiert?« Die Kollegin kam zu sich und suchte Orientierung.

Schließlich stellte sich Doktor Paulus auf einen Stuhl und erhob die Stimme. »So geht es nicht weiter. Seit Jahren verschlechtern sich unsere Arbeitsbedingungen. Arbeitszeiterhöhungen, Lohnkürzungen und nun auch noch das. Wir müssen uns endlich wehren, sonst werden wir bald alle hier liegen, einer nach dem anderen.«

»Jawoll!«, schrie einer. Andere fielen ein und spendeten Applaus. Eine ungewohnte anarchische Stimmung bahnte sich Raum.

Paulus legte nach: »Zeigen wir der Regierung, was wir über ihre Pläne denken. Jetzt ist Schluss! Gehen wir auf die Straße!«

Religionslehrer Paulus verfügte über die Kreativität, spontan etwas auf die Beine zu stellen. Dass er allerdings in der Lage war, sich zum Volkstribun zu entwickeln, wusste er bis dahin selbst nicht. Er nutzte intuitiv die Gelegenheit. »Lasst uns am nächsten Donnerstag in die Fußgängerzonen gehen, die Bevölkerung aufklären und der Regierung die rote Karte zeigen!«

Bravo-Rufe schallten durch das Lehrerzimmer, und auch auf die Kollegin Schwenkow schienen Paulus' Worte eine heilsame Wirkung auszuüben.

»Ein Wunder, sie lebt wieder«, rief jemand.

Ritter sah, wie sie es mit Hilfe von Meierhold und Siegmann schaffte, auf einem Stuhl Platz zu nehmen. Hinter ihr, an eine Wand gelehnt, erblickte er Hiener. Der wirkte leicht derangiert. Seine Haare waren nicht ordentlich gekämmt, der Schlips reichte gerade bis zum Bauchnabel. Er schaute zu Ritter und hob zögerlich grüßend den Arm. Der Referendar ging auf ihn zu und wies seinen Kollegen vorsichtig darauf hin, dass es heute morgen wohl etwas schnell gehen musste, da die Krawatte nicht hundertprozentig säße. Hiener raste in Richtung Herrentoilette davon, kam wenig später wieder und bedankte sich bei Ritter für den freundlichen Hinweis. Er wisse das zu schätzen.

Studienrat Meierhold war der Auftritt seines Kollegen Paulus suspekt. Dessen Kurse zum Jesulogen hatten ihn skeptisch gestimmt und zu der Überzeugung gebracht, dass hier kein barmherziger Samariter agierte, sondern ein bekehrungsunwilliger Zöllner.

Meierhold erkundigte sich noch fürsorglich, ob Kollegin Schwenkow noch etwas brauche. Als sie dankend verneinte, griff er nach seiner Tasche und verließ den Ort des Massenauflaufs. Zwar hatte er keinen Unterricht, nutzte aber die Freistunde am Freitagmorgen immer, um sich mit der Schülerzeitung zu treffen.

Seit Jahren war er eine Art Mentor des Blattes »Die Glocke«, setzte sich mit den Redakteuren zusammen, gab Ideen hinein und beriet die Schüler in schulpolitischen Fragen. Kaum einer der Kollegen hielt sein Engagement für angebracht, einige beäugten ihn sogar misstrauisch und vermuteten in ihm den Anstifter, wenn Kritisches zur Sprache kam.

Die Redaktion war mal wieder zusammengeschrumpft, nur fünf Schüler arbeiteten am vierteljährlichen Erscheinen der Zeitung. Meierhold wusste, dass sich die Situation an vielen Schulen ähnlich darstellte. Nur wenige Schüler engagierten sich, aber diejenigen, die sich einbrachten, waren in fast allen Bereichen aktiv. So war auch hier wieder Katharina aus der 10d zu finden, die in diesem Schuljahr den Chefredakteursposten übernommen hatte und nun von den Neuigkeiten berichtete: »Gestern wurde in der Schulkonferenz bekannt gegeben, dass zwei Lehrer unserer Schule an die Heuss gehen müssen. Ich finde, wir sollten darüber berichten!«

Wer es denn sei, wollte ein Sechstklässler wissen, der amtsjüngste in der Gruppe. Das stehe noch nicht fest, erklärte Katharina.

»Wir könnten ja eine Umfrage bei den Schülern machen, wer gehen soll«, fand der Kleine.

Das war nach Meinung der Redakteure keine schlechte Idee. Nur Meierhold gab zu bedenken, dass dies vielleicht ein wenig gemein sei. Man könne die Sache doch umkehren und fragen, wer der beste Lehrer sei.

Meierhold gestand sich selbst ein, dass er keinen Konflikt mit den Kollegen eingehen wollte, die womöglich ihn als Strippenzieher und Manipulator hinter einer solchen Umfrage vermuten könnten und ein eigenes Interesse unterstellten, damit er am Goethe-Gymnasium bleiben könne. Man vertagte die Frage.

Ritter wollte gerade das Lehrerzimmer verlassen, als ihn Schulleiter Seifert stoppte: »Herr Ritter, ich müsste kurz mit Ihnen sprechen.«

»Sehr gerne«, sagte Ritter und versuchte, locker zu wirken, obwohl nicht zu übersehen war, dass ihm ziemlich ängstlich zumute war. Seifert zog den Referendar zur Seite.

Was will er von mir, fragte sich Ritter und war ratlos. Hatte er bei seiner Vorstellung während der Lehrerkonferenz etwas falsch gemacht? Hatten sich Eltern oder Lehrer beschwert? Oder etwa Frau Elikopter, weil er ihrem angeblich hochbegabten Kind nicht genügend Aufmerksamkeit geschenkt hatte?

»Ich habe einen Anruf bekommen«, begann Seifert.

Ritter erbleichte.

»Von Frau Elikopter.«

Ritter schwante Schlimmes.

»Sie hat mir von ihrem Gespräch nach der Schulkonferenz berichtet.«

Nahte die erste Abmahnung oder gar das Ende des Referendariats? Ritter musste sich an der Wand festhalten.

»Ist Ihnen nicht gut, Herr Ritter?« Schulleiter Seifert befürchtete wohl den nächsten Ohnmachtsfall.

»Nein, es ist alles in Ordnung«, stammelte der Referendar.

»Gut. Frau Elikopter hat mir erzählt, dass Sie in Sachen Hochbegabung an der Uni viel gearbeitet haben und sehr kompetent sind.«

Ritter sammelte langsam wieder Kräfte und nickte.

»Das finde ich großartig, denn das Goethe-Gymnasium muss sich da unbedingt positionieren. Die Konkurrenz schläft nicht. Also, das finde ich klasse.«

Michael Ritter atmete erleichtert auf.

HOSPITATIONEN

Die Planungen für die Lehrer-Demo liefen allmählich an. Koordinator Paulus hatte die Kollegen auf mehrere Arbeitsgruppen verteilt. Die einen sollten ein Flugblatt schreiben, die Nächsten waren für die Transparente verantwortlich, die Dritten sollten Ideen zusammentragen, wie die Heßlinghausener Bevölkerung auf die Seite der Lehrer zu ziehen wäre. Hiener hatte er mit der Aufgabe betraut, die Pressearbeit zu übernehmen. Paulus selbst wollte sich im Hintergrund halten und begründete es damit, dass das Kollegium geschlossen auftreten müsse. Und wenn alle an einem Strang zögen, dürfe sich eben niemand hervortun.

Michael Ritter hatte an diesem Mittwoch keines seiner sonst üblichen Studienseminare im Institut für Schulentwicklung. Dort wurden die Referendare allwöchentlich acht Stunden lang in die Rolle eines Schülers zurückversetzt, denen die Ausbilder erklärten, wie exzellenter Unterricht auszusehen habe. Jedenfalls nicht so wie bei den Referendaren.

Ritter wollte den Tag nutzen und bei den Kollegen hospitieren, um zu erkunden, wie die geballte Kompetenz jahrzehntelanger Erfahrung es schaffte, Unterricht so zu gestalten, wie er zu sein hatte. Er war verwundert und überrascht, dass etliche Lehrer seine Bitte um Hospitation abschlägig beschieden: Es passe gerade nicht, da man die Schüler auf die Klassenarbeit vorbereiten müsse, man in einer Projektarbeit stecke, die Schüler durch den Besuch zu sehr abgelenkt würden und so weiter. Der eigene Unterricht schien für diese Lehrer wie die Coca-Cola-Formel zu sein: eines der bestgehüteten Geheimnisse.

Ritter konnte nicht wissen, wie ungern sich die meisten in die Karten schauen ließen. Wenn Schulleiter Seifert hospitierte, weil eine mögliche Beförderung anstand, konnten sie nächtelang nicht schlafen, sahen sich im Traum wieder in einer Lehrprobe. Ein Lehrer in Lehrprobe, das erschien ihnen als verkehrte Welt!

Immerhin, Hiener hatte sich freundschaftlich bereit erklärt und natürlich sein Mentor Meierhold.

Auf dem Flur vor der Tür waren die üblichen Geräusche einer unbeaufsichtigten Schulkasse zu vernehmen. Kaum hatte Hiener jedoch den Türgriff heruntergedrückt, trat Stille ein. Die 6d stand stramm, auf den Tischen herrschte Ordnung: Matheheft ganz unten, darüber das Buch und oben die Federtasche, alles lag vorne links auf dem Tisch, symmetrisch angeordnet, so verlangte es der Mathelehrer.

Ritter nahm hinten Platz. Hiener sagte kurz: »Guten Morgen!« Die Klasse erwiderte langgezogen: »Guten Morgen, Herr Oberstudienrat Hiener!«

Der Lehrer blickte die noch stehenden Schüler an, fokussierte manche besonders, wendete sich ab, ging in Richtung Fenster, öffnete es, atmete tief durch, mokierte sich darüber, dass in der Pause nicht ordentlich durchgelüftet worden sei, und ging zurück zu seinem Pult. Dort holte er aus der Tasche seines Jacketts einen Kamm, ordnete die spärlichen Haare, steckte den Kamm zurück und schaute erneut die Klasse an. Dann ließ er seine leicht ausgestreckte Hand ein paar Zentimeter nach unten sinken. Die Schüler verstanden: Sie durften sich setzen.

Hiener holte ein kleines rotes Büchlein hervor. Die Schüler zuckten zusammen. Jeder Stundenanfang konnte hier ihre letzte Minute einläuten, zumindest hatten die Sechstklässler das Gefühl. Hiener blätterte in dem Büchlein – es war der kostenlose Lehrerkalender der Sparkasse –, stoppte ungefähr in der Mitte und blickte einmal kurz in Richtung Schüler, die wiederum seinem Blick auszuweichen versuchten.

»Schneider, Matthias!« Die Entscheidung, wer zeigen musste, was er von der letzten Stunde behalten hatte, war gefallen.

Ein kleiner Junge mit blonden kurzen Haaren erhob sich von der Bank. Seine Augen schienen in Schockstarre weit aufgerissen zu sein. Ritter fühlte sich augenblicklich an seine eigene Schulzeit erinnert und konnte das allgemeine Aufatmen der anderen Schüler, an denen der Kelch vorübergegangen war, geradezu mitvollziehen.

»Schneider, an die Tafel!«

Matthias ging nach vorne, blieb vor Hiener stehen, um das Stück Kreide in Empfang zu nehmen. Da standen sie sich gegenüber, ungleicher konnte ein Kampf nicht sein. 26 Kilo Fliegengewicht gegen 97 Kilo Schwergewicht.

Die Schultern des Sechstklässlers gaben der Schwerkraft nach, sein Blick hing am Boden fest. Nicht sehen konnte man hingegen, dass sein ganzer Körper zu transpirieren begann, obwohl Kinder in diesem Alter kaum schwitzen. Hier schien der Körper in zwei Minuten so viel Flüssigkeit zu verlieren wie ein Tour de France-Fahrer bei einer Bergetappe.

»Schneider, was sind Primzahlen?«

»Ich glaube ...«, begann Matthias.

»Geglaubt wird in der Kirche!«, unterbrach ihn Hiener mit einem Spruch, den Ritter schon bei seinen Lehrern gehört und alles andere als amüsant empfunden hatte.

»Ich ... äh ... die kann man ... äh ... waren das nicht ... äh ... äh ...«

Hiener atmete tief durch, und zwar so tief, dass es keiner im Raum überhören konnte. »Na, da haben wir wohl wieder mal nicht aufgepasst, Schneider!«

Demonstrativ inhalierte der Oberstudienrat die Luft der Unwissenheit, um sie dann wieder mit lautem Geräusch aus seinem Körper herauszupressen.

»Dann etwas Einfaches, Schneider. Schreib auf: Fünfzehn Fünfundzwangzigstel addiert mit dreizehn Fünfzigstel und sechzehn Hundertstel.«

Matthias wusste nicht, wie er diese Zahlen aufschreiben sollte. Hiener wiederholte die Aufgabe. Der Schüler stand noch immer hilflos da. Nochmalige Wiederholung. Nichts, absolut nichts. Nachdem der Oberstudienrat erneut tief durchgeatmet hatte, schloss er für einen Moment die Augen. Dann nahm er dem Sechstklässler die Kreide weg und schrieb die Aufgabe selbst an die Tafel.

Ritter versuchte zu rekapitulieren, wie die Bruchrechnung funktioniere. Auf einen Nenner bringen – oder so. Er war sich nicht sicher. Aber ganz sicher war er sich, dass er mit Matthias nicht tauschen wollte.

Der Sechstklässler stand da, aber auch die nun notierten Zahlen halfen ihm nicht weiter. Hiener ließ ihn stehen und schmoren. Matthias starrte auf die mit Kreide geschriebenen Zahlen, deren unabsehbare Masse sich vor seinen Augen in lauter kleine weiße Teilchen aufzulösen schien. Manche Partikel mussten sich sogar verirrt haben. So befand sich hinter dem ersten Bruchstrich ein winziger Kreidepunkt. Nicht nur das, Matthias' ganze Aufmerksamkeit richtete sich jetzt auf weiße Punkte, die er hinter jedem Bruchstrich ausmachte. Was bedeutete das? Ein Punkt nach dem Bruchstrich, das ergab keinen Sinn. Und warum war der so schwach?

»Na, wird das heute noch etwas?«, drängelte Hiener.

»Herr Oberstudienrat Hiener, ich verstehe das mit den Punkten nicht.«

»Was für Punkte?«

»Hier, neben den Bruchstrichen.«

»Da sind keine Punkte. Oder könnt ihr Punkte sehen?«, fragte die Lehrkraft in Richtung Klasse.

Leichtes Kopfschütteln.

»Du musst nicht nur zum Augenarzt, Schneider!« Hiener öffnete den Lehrerkalender, warf einen Blick hinein, schaute zu dem schmächtigen Schüler, dessen Augen glasig wurden, schüttelte den Kopf, schaute abermals in sein Büchlein, danach zur Klasse, dann wieder zu Matthias. Er atmete tief durch, wandte sich an den Jungen, und es kam Ritter vor, als formulierte der Lehrer seine Worte in einer Mischung aus Genugtuung und Verachtung: »Wie ich sehe, ist das die zweite Sechs, Schneider. Da geht's am besten gleich auf die Heuss.«

Während Referendar Ritter sich nach der Stunde verabschiedete, mussten die Sechstklässler das Martyrium von weiteren fünfundvierzig Minuten bei Hiener über sich ergehen lassen.

Ritter brauchte dringend eine Pause. In der Cafeteria holte er sich zwei belegte Brötchen und einen Kaffee. Gefrühstückt hatte er noch nicht, die erste feste Mahlzeit nahm er erst in der Schule zu sich. Viel zu früh fing der Unterricht an. Im Studium hatte er immer ausschlafen können und keine Veranstaltung vor zehn Uhr besucht. Damals hatte er sich die Begründung zurechtgelegt, zu frühes Aufstehen sei schädlich, man könne dann gar nicht sein Leistungsvermögen abrufen. Ob das richtig war oder nicht, ihm gefiel die These.

Bestückt mit Nahrung ging er auf den Schulhof. Der Frühling bahnte sich seinen Weg. Die Luft war klar, wenn auch etwas kalt. Aber als er sich auf eine Bank setzte, spürte er die Sonne, die ihre Kraft zum ersten Mal in diesem Jahr entfaltete und sein Gesicht wärmte. Das tat gut: Sonne, Essen, Kaffee und die Ruhe. Selbst wenn er sich Mühe gab, konnte er keine Geräusche aus den Klassenzimmern hören. Kein Gezänk von Schülern, keine Machtspiele, hier war die Welt mit sich im Reinen. Ritter nahm seine Tasche, legte sie auf die Bank und funktionierte sie zu einem Kopfkissen um. Er begab sich in die Horizontale und dachte über die vergangenen Wochen nach.

Viel war geschehen. Er dachte an Hiener, an den Abend bei Adriano. Doch, es war ein schöner Abend gewesen. Aber die Mathestunde in der 6d, die gefiel ihm gar nicht. Matthias tat ihm leid. Ob er wohl zu Hause seinen Eltern davon berichten würde? Auch von der angedrohten Versetzung auf die Real- oder gar Hauptschule? Das Kind musste sich hundsmiserabel fühlen, da war sich Ritter sicher. Hoffentlich erwartete ihn seine Mutter heute mit seinem Lieblingsessen. Und seinem Lieblingsnachtisch. Schokoladenpudding und Vanillesoße. Das mochte Ritter auch. Am liebsten, wenn es mehr Vanillesoße als Pudding gab. Ja, Vanillesoße, Vanille – soße, Vanille ... Er begann, leise zu schnarchen.

Pauken, Trompeten! Fanfaren, die die volle Wucht der Dramatik transportierten. Und dann kamen sie: junge Mädchen, vermutlich gerade in die Oberstufe gekommen. Weiße Sporttracht, die wie Badeanzüge aussah. Man konnte die nackten Beine, Arme und Schultern sehen. Einige hatten die Haare hochgesteckt, andere sich Zöpfe geflochten. Bei allen war die Stirn freigelegt. Sie stellten sich auf: Jede schien einen bestimmten Platz einzunehmen, immer in einem Abstand von einem Meter zwanzig voneinander entfernt. Nicht mehr und nicht weniger. Hier herrschte Ordnung.

Ein kurzer Pfiff erschallte. Sieglinde Siegmann stand mit der Trillerpfeife vor den Mädchenreihen. Die Musik verstummte. Die jungen Mädchen standen stramm und legten ihre Hände fest an die Oberschenkel. Der Kopf leicht nach oben rechts gedreht, die Blicke in die Unendlichkeit des Himmels gerichtet. Manche kniffen die Augen etwas zusammen, da die Sonne blendete.

Dann drei kurze Pfiffe, Frau Siegmann drehte am Kassettenrekorder wieder die Fanfaren an und stellte sich hinter die Kamera, um die Mädchenreihe zu filmen. Die Mädchen lösten ihre Hände von den Oberschenkeln und schwangen langsam ihre Arme nach links, dann nach rechts und immer höher und ließen sie schließlich dreimal kreisen. Nach fünfundvierzig Sekunden wieder ein kurzer Pfiff. Nun bewegten sie die Arme leicht nach vorne, dann nach hinten, wieder nach vorne und wieder nach hinten, das Tempo ständig steigernd. Immer wenn die Arme weit hinten waren, streckten sie ihren Oberkörper straff heraus.

Bei Sieglinde Siegmann wurde fächerübergreifend gearbeitet. Hier ging es nicht nur um Biologie, hier ging es auch um Geschichte, und zwar methodisch ausgefeilt und auf dem neuesten Stand der Forschung. Die Schüler widmeten sich der deutschen Vergangenheit nicht durch die Lektüre langweiliger Quellentexte, sondern mit Hilfe eines Rollenspiels. Vergangene Zeiten wurden so lebendig, hier qualmte der Rauch der Geschichte.

Zwei kurze Pfiffe von Sieglinde Siegmann, und die Mädchen trippelten mit kurzen Schritten zusammen, stellten sich in einer Reihe auf. Hände an den Hüften, ein Pfiff, sie fassten die Nachbarin an der Hand, ließen im Takt der Musik beide Arme über den Kopf nach oben schnellen. Dort nur kurz verharrend, gingen die Arme gemeinsam wieder in die Tiefe. Als sie im 120-Grad-Winkel zum Haupt standen, hielten die Mädchen für einige Sekunden inne, dann lösten sie die Hände von denen der Nachbarin. Nur ihre linken Arme wanderten anschließend nach unten zur Ausgangsstelle an der Hüfte.

»Was für ein Anblick, dieser deutsche Mädchenbund«, sagte Sieglinde Siegmann vor sich hin.

INTERMEZZO

Wuuuumps. Ein riesiger Knall schallte durch den Raum, traf auf die Gehörgänge von Michael Ritter und riss ihn blitzartig aus dem Schlaf. Nur kurz war er eingenickt, jede Sekunde wollte er nutzen, um sich seinem Schlafpensum zu nähern, an das sich Körper und Seele während des Studiums gewöhnt hatten.

Er blickte nach vorne, wo sein Pädagogik-Studienleiter Hartmut Sprengmann stand. Dessen üppige Brustbehaarung lugte aus einem weißen, ungebügelten und weit aufgeknöpften Hemd, das in einer recht weit hochgezogenen dunkelroten Edwin-Jeans steckte. Die dunkelblaue Weste passte ebenso dazu wie der Gürtel, auf dessen Schnalle die goldenen Buchstaben »HS« prangten. All dies im Zusammenspiel mit den schulterlangen blonden, wenn auch leicht ergrauten Haaren, die im klassischen Vorne-Rostock-Hinten-Woodstock-Style frisiert waren, und der großen, leicht getönten Brille erinnerte Ritter an den Liedermacher Hans Hartz.

Vor Sprengmann lag ein zerschlagener Ziegelstein. Triumphierend blickte er in die Runde der Referendare. »›Kooperatives Lernen, Chancengleichheit und Demokratie in der Schule.‹ Ich weiß nicht, wer sich dieses sinnlose Seminarthema ausgedacht hat, aber eines sei vorweg gesagt: Vergessen Sie's!«

Das waren deutliche Worte von der Reibeisenstimme. Ritter war überrascht, so etwas von einem seiner Ausbilder zu hören. Den anwesenden Referendarinnen ging es anscheinend ähnlich. Erschrocken, fast verstört schauten sie abwechselnd in Richtung Studienleiter und Sitznachbarin.

Ritters Blick folgte dem des Studienleiters, der wie ein neapolitanischer Camorra-Chef die angehenden Lehrkräfte anschaute. Die Referendarinnen hatten offensichtlich alle denselben Optiker, der ihnen Nana-Mouskouri-Brillen verpasst hatte. Die Männer waren in der Minderheit.

»Na, wo kommen Sie denn her?«, fragte Sprengmann, ohne wirklich eine Antwort hören zu wollen. »Grundschule, Grundschule, Grundschule, Hauptschule, Hauptschule … Ah, und einer vom Gymnasium. Es ist auch vollkommen egal, ich kann Ihnen nur eines sagen: Im Klassenzimmer herrscht Krieg. Entweder der Schüler oder Sie, einer muss dran glauben.« Er hob die beiden Ziegelsteinhälften jeweils mit einer Hand hoch.

»Wenn Sie neu in eine Klasse kommen, kann ich Ihnen nur empfehlen: Zeichen setzen, Stärke zeigen. Nehmen Sie einen Stein mit und zerstören Sie ihn. ›Macht kaputt, was euch kaputt macht.‹«

Diese freie Interpretation des alten Ton-Steine-Scherben-Klassikers konnte man ebenso als Hinweis auf die Vergangenheit des Studienleiters deuten wie seinen Leinenbeutel, der auf dem Tisch lag. Die Zeiten aber hatten sich gewandelt: Rio Reiser war tot und Hausbesetzen out. Nur eins war geblieben: klare Feindbilder. Was früher der Springer-Konzern gewesen war, waren heute die Schüler. Die weißen Tauben fliegen nicht mehr!

»Unterrichtseinstiege muss man üben, und damit fangen wir gleich an.«

Der Pate verließ kurz den Raum und zog dann einen wo auch immer entwendeten Einkaufswagen herein, der bis obenhin mit Ziegelsteinen gefüllt war.

Sprengmann nahm einen der Steine, stellte ihn auf zwei andere, schaute neapolitanisch in die Referendarsrunde und hämmerte dann blitzschnell mit seinem Kopf auf den Stein. »Das ist für die Klassen, vor denen die Kollegen vorher warnen.«

Sprengmann forderte die Studenten auf, ihr Gefahrenpotenzial zu testen. Er musste nicht lange warten, bis sich einer der Männer vor dem Stein aufstellte. Der große

Endzwanziger war ein sportlicher Typ, aus dessen knapp geschnittenem T-Shirt die gut trainierten Muskel der Oberarme herausquollen. Er brachte sein Hand in Karate-Stellung, begann zu schreien und schlug zu. Und er schrie, und er schrie noch immer, und er schrie noch lauter. Die Szenerie schien sich in Munchs Schrei zu verwandeln. Nur dass der Referendar sich nicht die Ohren zuhielt, sondern allmählich zu Boden ging.

Die Herren der Runde waren begeistert, klatschten, die Frauen und auch Michael Ritter zögerten und applaudierten dann nur leicht, ob der Höflichkeit halber oder um den Erwartungen Rechnung zu tragen, war nicht zu erkennen.

Der Stein hatte stand unversehrt an seinem Platz, nichts war zu sehen, außer einem sich vor Schmerz krümmenden jungen Mann. Die Referendarinnen blickten fragend zum Studienleiter, die Freunde des Verletzten hielten sich hingegen die Hände vor den Mund, um ihr Lachen zu verbergen.

Studienleiter Sprengmann verunsicherte die Szenerie nun doch, sodass er zu dem Referendar ging und fragte, ob es ihm gut gehe. Was für eine Frage? Natürlich ging es ihm nicht gut. Ein Arzt sollte aber nach Willen des Verwundeten nicht kommen.

Aus seinem vermutlich zwanzig Jahre zurückliegenden Erste-Hilfe-Kurs wusste Sprengmann noch, dass das Kühlen der Hand in solchen Situationen sinnvoll war.

»Sportlehrer müsste man sein«, scherzte er. »Aber in solchen Fällen müssen Sie improvisieren«, verriet er den angehenden Lehrern noch, bevor er ein vollgeschnottertes Stofftaschentuch aus seiner Hosentasche zog. Dass es braun-weiß kariert war, konnte man kaum erkennen, so zerknüllt war das Leinenstück.

»Sie da!« Sprengmann wies mit dem Finger auf Ritter. »Machen Sie das mal mit kaltem Wasser nass, wir müssen die Hand kühlen.«

Sprengmanns Blick wanderte von Ritter weg auf sein Taschentuch. Die Augen aller anwesenden Referendare vollzogen die Blickrichtung mit. Der Auserwählte und Angesprochene allerdings stand wie zur Salzsäule erstarrt. Das konnte man nicht von ihm verlangen! Das verstieß gegen das Grundgesetz, Paragraf eins!

»Na, wird's bald«, kommandierte der Studienleiter.

In Ritters Gedanken stellten sich zwei Alternativen gegeneinander: entweder arbeitslos oder Verbeamtung und Pensionsansprüche, wenn auch mit einem Restrisiko der Schweinegrippe.

Angewidert ergriff er unter den entsetzten Blicken seiner Mitreferendare das Taschentuch am äußersten Zipfel mit den Spitzen von Zeigefinger und Daumen und trug es mit ausgestrecktem Arm vor sich her. Nachdem die Tür des Seminarraums hinter ihm zugefallen war, musste er zehn Meter zum Herren-WC beschreiten, die ihn durch einen Flur führten, dessen grauer PVC-Boden und bräunliche Wände, kombiniert mit einem leicht moderigen Geruch, an den Charme einer Stasi-Behörde erinnerten. Und so fühlte er sich auch: gelandet mitten in der Diktatur des Referendariats, schutzlos den Vorgesetzten und Notengebern ausgeliefert, außerdem noch zitternd vor Angst, dass die aktuell gestellte Aufgabe gesundheitliche Schäden nach sich ziehen könnte.

Er kämpfte sich Meter um Meter voran, spürte Übelkeit und war bemüht, das Taschentuch maximalmöglich von seinem Körper fernzuhalten. Tunnelblick. Jemand kam ihm entgegen, der unter dem Arm wohl einen Papierstapel trug. Ritter war nicht mehr in der Lage zu erkennen, ob es eine Frau oder ein Mann war. Er wurde angesprochen, aber er verstand nicht, was man ihm mitteilen wollte. Er touchierte die linke Wand, dann die rechte. Und dann … Dann sah er die WC-Tür, ließ sich hineingleiten und das Taschentuch auf den Boden fallen, sprang mit letzter Kraft über diese kaum noch zu überwindende Stoffhürde – und rettete sich in die Kabine.

GROSSE ERWARTUNGEN

Als Michael Ritter in sein Fach im Lehrerzimmer schaute, fand er einen grünen Zettel vor. »Herr Seifert bittet zum Gespräch. Erste große Pause in seinem Büro«, las er.

Erste große Pause? Die begann in zwei Minuten. Ritter nahm seine Tasche und eilte in Richtung Chefzimmer. Auf dem Weg fragte er sich, was Seifert wohl von ihm wollte. Größere Fehler waren ihm in letzter Zeit nicht unterlaufen. Womöglich ging es wieder um die Hochbegabtenfrage? Hatte Seifert vielleicht mitbekommen, dass er nicht den blassesten Schimmer davon hatte?

»Herr Seifert wartet schon«, meinte die Sekretärin und wies in Richtung Schulleiterbüro.

»Herr Ritter, kommen Sie rein«, begrüßte Seifert ihn freundlich, während er sich von seinem Schreibtischstuhl erhob und zum Besprechungstisch begab, um den vier Stühle gruppiert waren. Er klang nicht verärgert. Ritter hatte das Gefühl, keine Angst haben zu müssen. Beide nahmen Platz.

»Wie war Ihr gestriges Seminar?« Schulleiter Seifert versuchte, interessiert zu wirken.

»Wirklich gut, da nimmt man ja doch einiges für die Praxis mit.« Referendar Ritter war erleichtert, dass es keinen Ärger gab, und bemühte sich, lernbegierig zu wirken.

»Das ist ja gut, denn bei den meisten Seminaren kommt nicht viel rum.« Seifert deutete seine Abneigung gegen das »Institut für Schulentwicklung« an.

»Ja, da haben Sie wohl recht.« Ritter war opportunistisch-ehrlich.

»Herr Ritter, eine andere Sache.« Seiferts Stimme wurde leiser, tiefer und damit ernster. Ritters Unsicherheit kehrte zurück. »Noch mal die Sache mit der Hochbegabung. Wir sprachen ja schon darüber. Ich habe noch einmal recherchiert und nachgedacht, auch darüber, was Sie über Ihre Tätigkeit an der Uni berichtet haben.«

Halt, stopp, dachte Ritter, er hatte nichts übertrieben, nur der blöden Elikopter von dem einen Seminar zum Thema Hochbegabung erzählt. Okay, etwas übertrieben vielleicht, aber mehr auch nicht. Daraus konnte man ihm nun wirklich keinen Strick drehen.

»Wissen Sie, Ritter, ich will keine Kollegen verlieren. Niemand soll an die Heuss versetzt werden. Dafür müssen wir aber etwas vorweisen, wenn wir beim Ministerium nur den Hauch einer Chance haben wollen. Wir brauchen ein Alleinstellungsmerkmal, am besten im ganzen Bundesland.«

Der Schulleiter legte eine bedeutungsvolle Pause ein, um seine Stimme noch einmal in die tiefstmögliche Oktave zu verlegen und das Lösungswort auszusprechen: »Hochbegabte!« Er schlug mit der flachen Hand auf den Tisch und wiederholte: »Hoch-be-gab-te! Wir bauen das Goethe-Gymnasium zum Kompetenzzentrum für Hochbegabung aus.«

Was sollte Ritter anderes sagen, als in bravem Ton die Überlegungen des Schulleiters zu begrüßen: »Das klingt gut, da finden sich sicher erfahrene Kollegen.«

Seifert beugte sich über den Tisch und deutete mit seinem rechten Zeigefinger, dass der Referendar näherkommen solle. Es fehlten nur noch wenige Zentimeter, dann hätten sich ihre Gesichter berührt.

»Ritter, ich will dafür jemanden mit akademischem Hintergrund. Das muss professionell aufgezogen werden. Und da dachte ich an Sie.«

Ritters war zu überrascht, um mehr als ein förmliches Nicken zustande zu bringen.

»Jemanden wie Sie, der genau diesen Hintergrund hat, dann können wir das hier auf dem neuesten Stand der Forschung aufbauen.«

Ritter nickte wieder, nur weniger als vorher.

»Sie sind ja ein Gippert-Schüler. Haben Ihre Dissertation zum Thema Hochbegabung schon angefangen, wenn ich das richtig erinnere.«

Ritters Kopf war de facto zum Stillstand gekommen, die kleinen Regungen deutete Seifert aber als Nicken.

»Wir haben Sie somit als quasi promovierten Hochbegabungsexperten an Bord. Ritter, Sie bauen hier das Hochbegabungszentrum auf, erst einmal mit einer kleinen Schülergruppe. Und ich garantiere Ihnen, dann steht Ihnen eine großartige Zukunft am Goethe-Gymnasium bevor.«

»Okay«, sagte Ritter mehr fragend als antwortend.

»Prima, dann sind wir uns ja einig. Und, machen Sie bei der Organisation der Demonstration mit?«, wechselte Seifert das Thema.

»Ja, ich will gleich zum Arbeitskreis«, antwortete der Referendar, was Seifert mit einem bestärkenden »Sehr gut« belohnte.

Auf dem Weg zum Lehrerzimmer kam Panik über Michael Ritter. Was machte er hier bloß? Er als Experte für Hochbegabung? Das würde doch schiefgehen. Warum versuchte er ständig, es allen recht zu machen? Und das nur für die Aussicht auf einen sicheren Arbeitsplatz? Er war nie einer derjenigen gewesen, die immer und überall mit dem Wind gesegelt waren, aber nun schien er in ungutes Fahrwasser zu gelangen und ruderte noch selbst in Stromrichtung mit.

Noch bevor er die Tür zum Lehrerzimmer öffnete, hörte er sich übertönende Gespräche, eine Geräuschkulisse, die er ansonsten nur aus seinem Unterricht in den ersten vier Wochen kannte. Es war die sechste Stunde, Schulleiter Seifert hatte an diesem Tag »verkürzte Stunden wegen dringender Konferenz« angeordnet. Im Klartext hieß das: Jede Stunde wurde um zehn Minuten verkürzt, sodass in der offiziellen Statistik keine ausgefallene Unterrichtsstunde auftauchte. Die Schüler hatten sechs Schulstunden in einer Unterrichtszeit von fünf, und den Lehrern wurde damit ihr Engagement in eigener Sache schmackhaft gemacht. Sie mussten nur eine Stunde länger bleiben und konnten pünktlich um 13 Uhr nach Hause. Auch Revolutionäre brauchen Mittagsschlaf.

Drinnen herrschte eine intensive Arbeitsatmosphäre. Ritter sah Studienräte Plakate malen, wobei Kunsterzieher Schulz ständig an die einzelnen Tische trat, um den Kollegen zu zeigen, wie man ein Plakat gestaltete, also so, wie er es bei seinem Studium vor dreißig Jahren gelernt hatte.

Er erblickte Jakob Hiener an einem Rednerpult. Der Oberstudienrat sprach halblaut in Richtung seiner Kollegen und schaute dabei immer wieder auf sein Manuskript, das er in der linken Hand hielt: »Wie Goethe einst schrieb ...« Hiener legte eine Aggression in die Stimme, die vermuten ließ, dass sie sich über Jahre aufgestaut hatte, und übte sich zugleich mit der rechten Hand in kämpferischer Gestik, indem er die Faust emporreckte. Kurze Pause. Dann setzte er wieder an: »Wie Goethe einst schrieb ...«, dieses Mal in ernster, nachdenklicher Variante, die durch die das Kinn streichelnde linke Hand unterstützt werden sollte.

Wieder eine kurze Pause. »Wie Goethe einst schrieb ...« Jakob Hiener legte seine Linke auf die Brust, schaute mitleidheischend gen Himmel, als wolle er Beistand von göttlicher Seite erflehen.

»Bravo!« Michael Ritter applaudierte. »Das ist wirklich toll. Alle Varianten haben etwas.«

Hiener wirkte ob des kollegialen Lobes zufrieden, auch wenn es nur vom Azubi kam. »Theater war immer meine Leidenschaft«, sagte er, während er den Blick zum Horizont, also zur Wand des Lehrerzimmers richtete.

»Das merkt man. Du hast sicher viele Rollen gespielt, oder?«

»Ja, so einige!«

»Wo hast du denn gespielt? Hattet ihr an der Uni eine Theater AG? Oder hast du hier, am Goethe-Gymnasium, mitgemacht?«

Hiener riss die Augen auf und drehte seinen Kopf langsam dem Referendar zu. Theater AG? Er war empört, dass der

Referendar seine schauspielerische Tätigkeit in der Sphäre dilettierender Habenichtse oder gar pubertierender Schüler vermutete. Sein Blick verunsicherte Ritter.

»Es tut mir leid. Ich dachte nur … du hättest vielleicht in der Schule … Theater gespielt …«

»Apollo!« Verachtung lag in Hieners Worten.

»Apollo?«

»Bernhard Minetti!«

»Bernhard Minetti?«

Hiener gab sich angesichts solch abgrundtiefer Unkenntnis erschrocken.

»Michael! Ich bitte dich!« Zischend ließ Hiener die Luft zwischen seinen Lippen entweichen und zwar so laut, dass einige Lehrkräfte zu ihm herüberschauten. »Noch heute sprechen alle Berliner Studenten vom Apollo. Bernhard Minetti hat bei uns Regie geführt. Der große Bernhard Minetti! Das waren Zeiten! Wir waren diese Zeiten! Das Apollo ist eine Legende! Wir sind eine Legende!« Hieners Blick wanderte wieder Richtung Lehrerzimmerhorizont, um dort schwelgerisch zu verharren.

Ritter kannte weder das Apollo noch Bernhard Minetti. Eine Bildungslücke? Ein Mathe-Lehrer kannte sich sogar im Theater besser aus!

Hiener genoss seinen Erfolg. Wieder einmal ging sein Konzept auf: Erzähle den anderen, dass Bildung für sie offenbar eine semantische Nullstelle ist und präsentiere zugleich den Gegenentwurf, nämlich dich selbst – und fertig ist die identische Selbst- und Fremdwahrnehmung als Universalgelehrter. Mit dieser Strategie hatte er es an der Schule zu etwas gebracht: Die Abiturienten wählten ihn in ihrer Abi-Zeitung jedes Jahr mit überwältigender Mehrheit zum »intelligentesten Lehrer der Schule« und ließen keinen Zweifel daran, dass sie ausnahmslos für ihn, Jakob Hiener, stimmen würden, wenn eine TV-Rateshow beim Casting für »Deutschlands klügste Lehrer« an die Tür klopfen sollte. Hiener hatte sich diesen Ruf nicht nur bei den Schülern erarbeitet, sondern auch bei Eltern und Kollegen durchgesetzt. Nur Meierhold hatte einmal das Wort vom Kleinstadtintellektuellen in den Raum geworfen und deutlich gemacht, dass er die Manöver seines Kollegen durchschaute. Er wunderte sich aber weniger über Hieners Lebenstheater, das tatsächlich eine gewisse Schauspielkunst dokumentierte, als vielmehr darüber, dass sich so viele davon beeindrucken ließen.

Im Falle des Apollo-Theaters war es besonders erstaunlich. Tatsächlich gab es diese Bühne, auch hatte Jakob Hiener dort gespielt. Sogar Bernhard Minetti war da gewesen. Alles richtig. Nur war Minetti lediglich ein einziges Mal ins Apollo gekommen, und zwar im Rahmen einer hochsubventionierten Kooperation zwischen dem Berliner Ensemble und dem Studenten-Theater Apollo. Minetti hatte sich für siebenunddreißigeinhalb Minuten bei den studentischen Laien blicken lassen – trotz verabredeter neunzig Minuten –, mit ein paar anerkennenden und ein paar kritischen Worten deren Probe kommentiert und war wieder abgezischt. Die stolzen Studenten hatten allen Kommilitonen erzählt, die es wissen oder nicht wissen wollten, dass Bernhard Minetti bei ihnen gewesen sei. Nach einigen Tagen war daraus geworden, dass er mit ihnen gearbeitet habe. Später hatte er laut deren Erzählungen Regie geführt. Und nach ein paar Jahren glaubten einige der einstigen Studenten selbst, dass sie unter Minettis Regie Theater gespielt hatten. Die Schwächen des Erinnerungsvermögens ermöglichen dem Menschen manchmal die größten Lebensleistungen.

Die Lehrkräfte des Goethe-Gymnasiums waren bemerkenswert motiviert. Doktor Paulus eilte von Lehrergruppe zu Lehrergruppe, gab Ratschläge und versuchte, die Kollegen zu radikalisieren. An jedem Tisch ließ er Sätze fallen wie: »Hoffen wir, dass keiner von euch zur Heuss muss.« Angst als Motor, in dem Metier kannte sich Religionslehrer Paulus gut aus. Fragte einer der Kollegen bei ihm nach: »Hast du etwa gehört, dass es mich erwischt?«, so entgegnete er scheinbar beruhigend: »Jemanden wie dich können sie nicht versetzen.« Anschließend ging er einige Schritte zum Tisch der nächsten Kollegen, um dann doch wieder kehrtzumachen, mit dem rechten Zeigefinger nach oben zu zeigen und dem Fragenden kopfschüttelnd mitzuteilen: »Aber bei denen da oben weiß man ja nie.«

Michael Ritter hatte sich inzwischen zu seinem Mentor Meierhold und der Junglehrerin Birte Menzen gesellt, die an einem Pressetext arbeiteten. Nicht nur die Lokalpresse wollten sie zu der Demonstration einladen, auch die überregionalen Medien sollten möglichst darüber berichten.

Meierhold hatte seine anfängliche Skepsis gegenüber dieser Protestaktion abgelegt. Ihn trieb nicht die Sorge, selbst an die Heuss versetzt zu werden, vielmehr hielt er es für grundlegend falsch, im Bildungsbereich zu sparen. Er wollte nicht, dass die Klassen mit diesem Schritt de facto abermals vergrößert würden, denn das wären die Folgen des Personalabbaus am Goethe-Gymnasium gewesen. Kleinere Klassen, größere Lernerfolge, das stand für ihn fest.

Birte Menzen teilte nicht nur diese Meinung, sondern sah für sich selbst nichts Bedrohliches darin, an einer anderen Schule zu arbeiten.

Als Paulus an den Tisch der beiden trat, ging sein Spiel wieder von vorne los: »Hoffen wir, dass keiner von euch zur Heuss muss.« Dieses Mal schob er noch den Satz hinterher: »Auch die Referendare sollen hier ja nicht sicher sein.«

»Meinen Sie? Das können die doch nicht machen«, warf Ritter ein, der sich in diesem Moment eingestehen musste, seine zukünftige pädagogische Laufbahn nicht bis ins Detail geplant zu haben, aber dennoch der allgemeinen Auffassung anhing, als Gymnasiallehrer ein besseres Los als ein Haupt- oder Realschullehrer zu ziehen.

»Ich habe von einer schwarzen Liste gehört, die im Ministerium liegt«, entgegnete Meierhold, ohne auf die Referendarsfrage einzugehen.

Paulus war überrascht. Woher wusste Meierhold von

einer Liste? Und wer stand da drauf? Paulus wollte Klarheit, flüsterte dem Kollegen zu: »Wen soll es denn treffen?«

Meierhold schaute sich in allen Richtungen um und sagte dann konspirativ: »Ich weiß es ja auch nicht genau.« Dann hob er die Hände und wackelte mit dem Kopf hin und her, tat übertrieben geheimnisvoll, um anschließend zu ergänzen: »Aber jemanden wie dich können sie nicht versetzen.«

Meierhold und Paulus sandten einander ernste Blicke zu. Birte Menzen konnte ein Lachen kaum noch unterdrücken.

»Aber bei denen da oben weiß man ja nie«, sagte Meierhold und zeigte mit dem rechten Zeigefinger gen Zimmerdecke.

DER PLAN

Michael Ritter saß in seiner kleinen Einzimmerwohnung. Sie war spärlich eingerichtet, und viel Platz hatte er auch nicht. Zu dem Zimmer gehörte eine Kochnische, dann standen dort ein Bett und ein Schreibtisch, daneben ein kleines Bücherregal, das allerdings kaum bestückt war. Einen Fernseher hatte er nicht, wenn überhaupt, guckte er online.

Irgendetwas musste er sich nun zum Thema Hochbegabte überlegen und Seifert liefern. Er saß auf dem Bett und recherchierte im Internet. Wikipedia hatte einen Treffer zum Thema, super. Dort las er: »Als hochbegabt bezeichnet man Menschen, deren Testergebnis in einem standardisierten Intelligenztest mindestens zwei Standardabweichungen über dem Mittelwert der Stichprobe liegt; Hochbegabte sind daher per definitionem selten.«

Er notierte es auf einem Notizblock. Und dann las er noch dies: »Es gibt keinen Konsens in Forschung und Lehre über die genauen Ursachen von Hochbegabung. Als eine wahrscheinliche Ursache gilt eine Kombination von sozialem Umfeld (v. a. während der Kindheit) und genetischen Faktoren.«

Perfekt, dachte er, wenn etwas umstritten ist, dann kann man sich immer darauf herausreden, dass es eben nicht eindeutig ist und man sich nicht festlegen möchte. Er ging das Inhaltsverzeichnis des Wikipedia-Beitrags durch. Ursachen gab es demnach mehrere. Bei genetischen Einflüssen und Umweltfaktoren scrollte er weiter. »Ah, Hochbegabtenforschung«, las er und klickte sich dorthin. Da stand etwas vom »Marburger Hochbegabtenprojekt«, das weltweit anerkannt sei. Er klickte auch diesen Artikel kurz an, überflog ihn, notierte, dass Hochbegabte eben nicht zwangsläufig Außenseiter seien oder Konzentrationsprobleme hätten, auch wenn dieses Vorurteil grassierte.

Zurück zum Hauptartikel. Er stieß auf das Kapitel »Förderung Hochbegabter« und gleich auf eine Verlinkung zum Wikipediaartikel »Begabtenförderung«.

Ein langer Beitrag, den er nicht ganz bis zum Ende las. Aus einem Kapitel zur Begabtenförderung in den USA erfuhr er, dass Hochbegabte dort eine Klasse überspringen oder auch anspruchsvollere Aufgaben bearbeiten, als sie im Lehrplan stehen.

Das musste als theoretisches Rüstzeug reichen.

Wie könnte er die begabten Schüler nun finden, überlegte er. Vielleicht einen Aushang im Lehrerzimmer machen? Die Kollegen in die Pflicht nehmen? Die müssten dann die Leute liefern.

Er verfasste einen Entwurf für den Aushang, wobei er hemmungslos auf die Wikipedia-Versatzstücke zurückgriff. Dazu noch eine gute Überschrift ... Er mailte sein Dokument an Seifert und wies darauf hin, dass er sich bereits einige Gedanken zur praktischen Umsetzung gemacht habe und auf die Rückmeldung gespannt sei, die er dann gerne einarbeiten würde.

Ist ja nur ein erster Entwurf, dachte Michael Ritter.

GH 2020

Schulleiter Seifert eröffnete die Lehrerkonferenz. Alle Lehrkräfte waren erschienen, nur Meierhold wollte die obligatorische Redaktionssitzung mit der Schülerzeitung nicht versäumen. Trotz der außergewöhnlichen Umstände hatte Schulleiter Seifert ihn freigestellt.

Seifert begrüßte die Kollegen. »Bevor ich zu unserem Haupttagesordnungspunkt komme, möchte ich Ihnen eine Sache mitteilen, die mit unserer misslichen Lage zusammenhängt. Liebe Kolleginnen und Kollegen, wir müssen trotz aller nachzvollziehbaren Erfordernisse dem Ministerium klarmachen, dass wir ein besonderes Gymnasium sind. Wir haben das Glück, dass wir mit Herrn Ritter jemanden bei uns haben, der im Bereich der Hochbegabtenforschung gearbeitet und sich nun bereit erklärt hat, seine wissenschaftliche Expertise in unseren schulischen Alltag einzubringen. Er hat dafür ein Konzept ausgearbeitet.«

Seifert hielt den Aushang hoch, den Ritter am Abend zusammengezimmert hatte. Mit großen Buchstaben konnten alle die Überschrift lesen: »Goethes Hochbegabte 2020«.

»GH 2020«, proklamierte Seifert, »das wird ein wichtiger Baustein sein, das Ministerium davon zu überzeugen, dass wir kein Personal abgeben können, wenn das Programm erst einmal zum Laufen gekommen ist.«

Ritter wurde mulmig zumute. Er hatte von Seifert bisher keine Rückmeldung bekommen, und nun war sein Wikipedia-Plagiat in der Schulöffentlichkeit. Unsicher drehte er sich um und versuchte, die Stimmung zu erfassen. Die Lehrkräfte blickten zu ihm und nickten anerkennend.

»Melden Sie Herrn Ritter bitte Schülerinnen und Schülern, die für unser Programm infrage kommen. Und so sollten wir Herrn Ritter für sein Engagement vielmals danken.«

Seifert begann zu klatschen, und die Lehrkräfte fielen in den Applaus ein. Über Ritters Gesicht zog sich ein gequältes Lächeln, wusste er doch, dass der Erfolg auf tönernen Füßen stand.

Seifert erteilte Doktor Paulus das Wort. Der Religionslehrer erhob die Stimme und berichtete von den Vorbereitungstreffen für den am nächsten Tag anstehenden Protest: »Wir alle haben hart gearbeitet, Zeit investiert, unsere Freizeit. Unsere Doppelstrategie wird zum Sieg führen. Einerseits die Einzigartigkeit unserer Schule mit dem Programm GH 2020. Dann aber auch der Protest. So sind schlagkräftige Transparente entstanden und Flugblätter. Kollege Hiener hat eine bahnbrechende Rede vorbereitet. Morgen gehen wir raus und heizen dem Kultusmysterium ordentlich ein. Denn eines wollen wir nicht: Dass jemand unseren Kreis verlassen muss, um sein Dasein an der Heuss zu fristen. Unvorstellbar! Wie würden wir uns denn an der Heuss fühlen?« Paulus wartete auf Antworten aus der Zuhörerschaft, ganz wie es die jesulogischen Prinzipien nun mal vorsahen.

»Dann würde ich bis zur letzten Instanz klagen«, rief einer.

»Ich gehe höchstpersönlich dorthin und werde denen die Hölle heiß machen«, tat Sieglinde Siegmann kund.

»Dann mach ich Schluss«, wimmerte Kollegin Schwenkow.

»Dazu wird es nicht kommen«, beruhigte der Missionar Paulus. Zugleich trieb er das Spiel weiter, indem er immer abscheulichere Szenarien entwarf. »Dann steht man vor einer siebten Klasse, dreißig Schüler, 75 Prozent Migranten. Russlanddeutsche. Da holt keiner das Heft raus. Die sagen: ›Mach ich nicht, du kannst mich mal.‹ Was würde da in euch vorgehen?« Er redete sich so in Rage, dass er dieses Mal auf Antworten verzichtete und ohne Pause fortfuhr: »Achte Klasse. 85 Prozent Migranten, fast nur Türken und Syrer …« Die meisten Lehrergesichter buchstabierten das Wort Panik. Türken, nicht mal mehr Russlanddeutsche …

»Wir sind keine Sozialarbeiter …«, rief Jakob Hiener in den Saal.

»Sondern ein Volk der Dichter und Denker«, ergänzte Sieglinde Siemann.

Die Kollegen applaudierten. Hiener zögerte etwas und schaute leicht verwundert zu seiner Kollegin. Siegmann eine Dichterin und Denkerin, fragte er sich. Dennoch klatschte auch er seine Hände schließlich kräftig gegeneinander.

»Neunte Klasse. Türken, Syrer und Albaner. Kein Deutscher mehr. Und dann wird man gleich in der ersten Stunde von einem gefragt, ob man wisse, dass er Albaner sei und viele Brüder habe.«

Dieses Szenario des Christen Paulus brachte das Fass zum Überlaufen. Die psychisch labile Kollegin Schwenkow hielt sich die Ohren zu, sie ertrug diese Vorstellung nicht länger. Die Empörung wuchs, die ersten erhoben sich und frenetische Rufe hallten durch den Raum. Nur rund ein Dutzend Kollegen blieb auf den Stühlen sitzen, darunter auch Ritter.

Das rief den Ehrgeiz von Paulus hervor, er sprach den Referendar direkt an: »Staatsexamen. Wir haben das alle hinter uns. Es war eine verdammt harte Zeit.« Nickende Lehrerköpfe. »Und ich kann dir sicher sagen: Es gibt zwei Punkte im Leben, da bist du ganz auf dich allein gestellt: beim Sterben und beim Staatsexamen.« Paulus wurde untheologisch, aber wen interessierte das? »Ich habe gerade von einem Examenskandidaten gehört. Einige Tage vor seiner Prüfung stand ein Albaner-Bengel vor dem Referendar und beschimpfe ihn aufs Übelste. Und nicht nur das, sondern auch die Mutter des Referendars zog er in den Dreck. Seine Mutter arbeite auf einem Fischkutter. Und zwar als Geruch.«

Blankes Entsetzen und Pfui-Rufe! Ritter wusste nicht, wie er sich verhalten sollte und schaute sich unsicher um. Einige hatten die Faust geballt und hielten sie drohend nach oben. Die Ritter umstehenden Kollegen machten auffordernde Handbewegungen, er solle sich ebenfalls erheben. Und er tat es, zwar langsam, aber er tat es.

Seltene Einigkeit und Einsatzfreudigkeit herrschten im Lehrerkollegium. Wenn ansonsten der eine oder andere Konflikt den Alltag erschwerte, hier wusste man genau, wo der gemeinsame Feind zu finden war: im Kultusministerium und in der Heuss-Schule.

Die Lehrkräfte würden am morgigen Vormittag die Kleinstadt in Bewegung setzen und Kräfte entwickeln, die man bis ins Ministerium hinein zu spüren bekäme.

Paulus war selbst überrascht, welche agitatorischen Fähigkeiten bei ihm zutage traten. Er konnte es wagen, den Schritt aller Schritte zu gehen, das Unwort eines jeden A-Besoldeten auszusprechen: Streik!

»Morgen früh geht es los. Auf die Unerhörtheiten kann es nur eine Antwort geben: Wir legen die Arbeit nieder. Wer uns sabotiert, den sabotieren wir!«

Bravo-Rufe drangen aus dem Schulgebäude bis auf den Schulhof. Der Sturm des Umsturzes lag in der Luft, und die Revolution würde vom Beamtenapparat ausgehen! Wer sollte sie, diese aufgebrachte Masse der Unkündbaren, noch stoppen?

Oberstudiendirektor Egbert Seifert kam die Protestbereitschaft seiner Mitarbeiter durchaus zupass, schließlich war er selbst mit den Plänen aus der Landeshauptstadt alles andere als einverstanden. Lehrer wollte er nicht abgeben. Dennoch hielt er den Zeitpunkt für gekommen, einige beschwichtigende Worte an die stehende Lehrerschaft zu richten: »Meine lieben Kolleginnen und Kollegen, ihr Protest ist großartig. Mit gemeinsamer Kraft können wir es schaffen. Heizen wir denen morgen ordentlich ein.« Unterstützung vom Chef in einer solchen Sache, das war nicht selbstverständlich. »Ich bitte aber eines zu bedenken: Wir sind alle Beamte. Wir dürfen nicht streiken. Dazu haben wir uns verpflichtet. Wir riskieren eine Abmahnung aus dem Ministerium.«

Abmahnung? Man schaute sich besorgt an. Die ersten Lehrkräfte setzten sich wieder.

»Was heißt denn das?«, meldete sich eine Stimme.

»Im Beamtenrecht gibt es verschiedene Sanktionsmöglichkeiten. Auch wir können unseren Job verlieren. Hier ginge es aber wohl erst einmal um mögliche Strafzahlungen, gegebenenfalls Ausschluss bei Beförderungen oder auch Gehaltskürzungen.« Seifert sorgte für weitere Verunsicherung.

»Das heißt, ich könnte meine Bewerbung zum Oberstudienrat vergessen«, stellte ein jüngerer Kollege fest.

»Gehaltskürzung? Wir haben die Urlaube schon für die nächsten zwei Jahre in allen Ferien gebucht!«, empörte sich Sieglinde Siegmann.

Die Stimmung trübte sich. Inzwischen saßen alle Lehrkräfte wieder auf ihren Stühlen.

Auch Paulus' Motor fuhr runter. Schließlich war seine Doppelhaushälfte noch nicht abbezahlt und die Sache mit den Jesulogen-Kursen noch nicht so sicher, als dass man seine bürgerliche Existenz darauf bauen konnte. Wie alle anderen wog er ab: die Gefahr, an die Hauptschule versetzt zu werden, gegen mögliche beamtenrechtliche Folgen. Vielleicht sah man es im Ministerium als willkommenen Anlass, die Streikenden gerade mit der Versetzung an die Heuss zu sanktionieren. Das gliche einer Selbstexekution. Andererseits musste er das Verpuffen der Protestenergie seiner Kollegen verhindern. Er suchte nach einer Idee. Schulleiter Seifert hatte sie.

»Ich kann nicht streiken, ich habe Verantwortung für die ganze Schule. Das werden Sie verstehen. Ich bin aber bereit, für die Streikenden mitzuzahlen, den Streik zu finanzieren.«

Der Schulleiter zückte sein Portemonnaie, das in der Tasche seines grau-braun-karierten Jackets lag, zog vier frische Fünfzig-Euro-Scheine heraus und knallte sie auf den Tisch. »Für die Streikkasse!«

Das war geschickt. Juristisch sauber und dennoch mit dem Kollegium irgendwie solidarisch.

Nachdenkliche Lehrer, die gespannt das Geschehen beobachteten. So viel Spannung gab es in diesem alten Goethe-Gymnasium lange nicht mehr. Wäre doch nur der

Unterricht so wie diese Lehrerkonferenz, beispielsweise im Fach Politik zum Thema »Probleme bei der Organisation von Protesten« oder in Geschichte zur Frage: »Die Deutschen, ein revolutionsunfähiges Volk?«

»Ich lege hundert Euro in die Streikkasse.« Jakob Hiener zog nach und sich damit zugleich aus dem Kreis der aktiv Streikenden zurück.

»Ich bin dabei ...«, rief ein Kollege und packte ebenfalls hundert Euro auf den Tisch. Und so ging es weiter. Einer nach dem anderen. Am Ende lag ein Haufen mit Geldscheinen auf dem Tisch vor Seifert: eine gefüllte Streikkasse, aber keine Streikenden mehr. Niemand war geblieben, der noch streiken wollte, nur Michael Ritter. Er hatte weder hundert Euro geschweige denn einen höheren Betrag. Aber das fiel keinem mehr auf.

»So hat das keinen Sinn. Wir brauchen keine Streikkasse, wenn wir nicht streiken.« Dieser bestechend klaren Analyse vom promovierten Paulus konnte man nicht widersprechen. »Ich schlage vor«, fuhr er fort, »wir sagen den Protest morgen Vormittag ab. Stattdessen konzentrieren wir uns auf GH 2020 und gehen nachmittags auf die Straße. So fällt kein Unterricht aus, wir müssen keine Sanktionen befürchten, und dann machen wir denen im Ministerium so richtig Dampf!«

Erleichterung und Zustimmung folgten. Und ein schnelles Einsammeln der Geldscheine.

DER PROTESTMARSCH

Das Klingeln beendete die sechste Stunde. Bei den Lehrern löste der Schulschluss zwar Unruhe aus, aber an diesem Tage aus einem anderen Grund als sonst. Die bevorstehende Protestaktion, der Marsch auf den Heßlinghausener Marktplatz rief eine gewisse Aufregung hervor.

Die Lehrerschaft versammelte sich auf dem Schulhof, bewaffnet mit Trillerpfeifen und Transparenten. Heute waren alle dabei, die Engagierten, die Faulen, die Lobbyisten. So unterschiedlich die Interessen der anwesenden Lehrer waren, so wenig einheitlich fielen ihre Transparente aus. Auf der einen Seite versammelten sich um Birte Menzen einige Kollegen. Sie zeigten ihren Unmut, indem sie auf ihre Plakate geschrieben hatten: »Keine Kürzungen im Schulsystem!« Und: »Kleinere Klassen, damit wir jeden fördern können!«

Andere Kollegen, die sich zum Marsch auf den Marktplatz rüsteten, führten Transparente bei sich, auf denen zu lesen war: »Keine Gymnasiallehrer an die Hauptschule!« Sieglinde Siegmann hatte gar auf ihr Transparent geschrieben: »Wir sind doch keine Hauptschüler!«

Etliche nahmen die Demonstration zum Anlass, mit alten Reformen abzurechnen. Hatte die Landesregierung doch vor kurzem erst die Stundenverpflichtung für Gymnasiallehrer von vierundzwanzigeinhalb auf fünfundzwanzig Stunden hochgesetzt. An fast allen Gymnasien im Land waren die Lehrkräfte vor Wut fast explodiert, und das sollte jetzt auch noch einmal zum Ausdruck gebracht werden: »Wir wollen keine fünfundzwanzig Stunden in der Woche arbeiten«, konnte man in blutroten Lettern lesen.

Der Demonstrationszug setzte sich in Bewegung. In den vorderen Reihen formierten sich die Kollegen mit den

Transparenten. Einige hatten sogar ihre alten Demo-Parker aus dem Schrank geholt, in sentimentaler Erinnerung an die Proteste Anfang der achtziger Jahre. Nach ihnen folgte so etwas wie eine Samba-Gruppe, die die beiden Musiklehrer zusammengestellt und aus dem Instrumentenfundus des vor Jahren sang- und klanglos eingestellten Schulorchesters versorgt hatten. Die machten nun ordentlich Krach, und das war ja auch das Ziel an diesem Tag. Abschließend folgten Lehrkräfte ohne Transparent, darunter auch Jakob Hiener, der seine Rede noch ein letztes Mal durchging.

Michael Ritter hatte sich zur Gruppe um Birte Menzen gesellt, die ihm erklärte, die Politik dürfe nicht an der Bildung sparen, sie sei die wichtigste Ressource, die das Land habe. Das gab Ritter das gute Gefühl, dass man gemeinsam an einem Strang ziehe und das Kollegium durchaus etwas bewegen könne.

Der Heßlinghausener Markplatz lag nicht weit entfernt, knappe anderthalb Kilometer. Beim Verlassen des Schulgeländes marschierten die Lehrer an ihren Schülern vorbei, die mit ihren Schultaschen warteten, um sich das Spektakel anzuschauen. Manche hatten ihr Fahrrad schon losgeschlossen und hielten es lässig mit einer Hand fest. Einige Zehntklässler fingen an zu applaudieren, woraufhin der Rest der Schülerschaft schnell mitzog. Das war der Effekt von Fernsehtalkshows: Einer fängt an zu klatschen und die anderen klatschen mit. Aber dies hier waren keine Claqueure, hier wollten die Schüler ihre Lehrer tatsächlich unterstützen.

Als der Lehrkörper um die Ecke des Schulgebäudes bog und den Schulparkplatz überqueren wollte, um auf der Straße gen Innenstadt zu marschieren, wurde die laute Samba-Gruppe auf einmal übertönt. Eine Straßensperre stoppte den Demonstrationszug, und das Samba-Konzert brach ab. Stattdessen ertönte ein Hupkonzert.

An die hundert Autos standen dort aufgereiht. Was war das? Wer war das? Vom Ministerium Bezahlte, um den Lehrern keine Öffentlichkeit zu geben? Oder gar Lehrer von der Hauptschule? Ehe Ritter seine Überlegungen weiter durchspielen konnte, klärte Birte Menzen ihn auf. Es waren die Mütter der Gymnasiasten, die keinesfalls den Demonstrationszug stoppen wollten, sondern lediglich wie jeden Tag ihre Kinder von der Schule abholten. Auch wenn Heßlinghausen nicht sonderlich groß war und das am weitesten entfernte Einfamilienhaus mit fünfzehn Minuten Fußweg zu erreichen war, hielten zahlreiche Eltern es für unzumutbar, ihren Nachwuchs solchen Strapazen auszusetzen. Stattdessen chauffierte man die Kleinen jeden Morgen zum Goethe-Gymnasium und fand sich tagtäglich bei Schulschluss ein, um den Heimtransport zu übernehmen.

Birte kannte sich mit den Gepflogenheiten aus. »Du denkst doch nicht«, sagte sie zu Ritter, »dass diese Frauen zwischen Schulbeginn und Schulschluss Freizeit haben? Die sind ständig in Alarmbereitschaft. Fehlt die Büchse mit dem Pausenbrot oder der frische Schlüpfer im Turnbeutel, Mama eilt herbei. Ist doch selber schuld, warum hat sie es beim Schultaschepacken vergessen? Hat einer seine Hausaufgaben nicht dabei, muss Mama die schnell bringen. Und wer weiß«, fügte sie lachend hinzu, »manchmal vielleicht auch schnell machen! Es sind ja nicht alle Mütter so, aber ich schätze, in einem Viertel der Familien wird das so durchgezogen.«

Das Autoaufkommen war an diesem Tag aufgrund des für alle gleichzeitig endenden Unterrichts extrem, doch die Schulwegsicherheit gehörte auch sonst zu den ungelösten Fragen am Goethe-Gymnasium. Als Birte Menzen gemeinsam mit zwei anderen Kollegen und einer kleinen Schülergruppe ein Jahr zuvor ein Konzept vorgelegt hatte, um den Schulweg für die Unterstufenschüler sicherer zu machen, war dieses nicht nur einstimmig von der Schulkonferenz angenommen, sondern auch in höchsten Tönen gelobt worden, eben weil es gemeinsam mit den Schülern entwickelt wurde und sie in die konkrete Umsetzung einbezog. Als Schülerlotsen sollten sie dafür sorgen, dass die jüngsten Schüler unfallfrei die Straße vor der Schule überqueren konnten. So weit der Plan. Nur hatte die Arbeitsgruppe eines unterschätzt: Mama! Schon immer pöbelte sie wild gestikulierend ihresgleichen an, wenn ihr nicht sofortige Vorfahrt gewährt wurde, nun aber nahm sie ein neues Ziel ins Fadenkreuz: die zwölfjährigen Schülerlotsen. Hasstiraden kamen zielsicher aus dem Laufwerk ihres verbalen Schnellfeuergewehres. Das Projekt musste abgebrochen werden, da sich alle fünfzehn Schülerlotsen nach nur einem Dienst weigerten, sich solchen Angriffen noch einmal auszusetzen.

Und nun war sie zum Stillstand gekommen, die Revolution, gestoppt von Mamas. Aber nur kurz. Als ein hellbrauner Trainingsanzug zu sehen war, verstummte das Hupkonzert. Sieglinde Siegmann ging mit ihrem hölzernen Protestschild an den Autos vorbei. Mit der Siegmann war nicht zu spaßen, das wussten alle, auch die egozentrischsten Eltern. Manche behaupteten sogar, sie sei die eigentliche Schulleitung. Das war auch nicht ganz falsch. Obwohl Schulleiter Seifert eigentlich keine Autoritätsprobleme kannte, bei Siegmann war er machtlos. Wenn er in seinem Büro saß und auf dem Flur schnelle, entschlossene und zugleich aggressive Schritte hörte, dann wusste er, dass Kollegin Siegmann im Anmarsch war. Sie ließ sich von niemandem etwas sagen und kam auch jetzt nicht auf die Idee, aufzugeben. Kein Wunder also, dass es Siegmann gelang, eine Schneise in das Verkehrschaos zu schlagen. Keine Mama wagte einen Mucks. Erst als die Biologielehrerin aus dem Blickfeld verschwunden war, trauten sich die Mamas, mit ihren Pöbeleien fortzufahren.Kollegin Schwenkow mit ihrem gerade überstandenen Nervenzusammenbruch bekam es gleich zu spüren, als ihr eine der Autofahrerinnen zuzischte: »Machen Sie mir bloß keinen Kratzer in den Lack!«

Aber auch sie schaffte es durchzukommen. Auf der Straße vor der Schule waren dann alle wieder vereint und marschierten zum Marktplatz. Nun konnte den Demonstrationszug nichts mehr aufhalten. Zumindest fast nichts. Man hatte durch den Stau auf dem Schulhof wertvolle Zeit verloren, ganze zehn Minuten. Eigentlich hätte die Zeit ausgereicht, um kurz vor dem Unterrichtsende an der benachbarten Heuss-Schule vorbeizumarschieren. Inzwischen war jedoch der Unterricht dort beendet, die Lehrkräfte wollten den Heimweg antreten. Ebenso die Schüler, die Heuss-Schüler! Die Studien- und Oberstudienräte verlangsamten ihr Tempo. Sieglinde Siegmann hingegen war furchtlos. Als sie die zunehmende Lücke zwischen sich und der Gruppe bemerkte, drehte sie sich um, schaute kurz zu ihren Kollegen, entfernte dann mit voller Wucht das an einen Holzstil festgetackerte Protestschild und warf es weg. Den übrig gebliebenen Holzstil fasste sie an einem Ende und schlug ihn wild durch die Luft. Auch wenn die nachfolgenden Kollegen einigen Abstand zu ihr hatten, wichen sie doch noch ein Stück zurück, um nicht von dem Holzknüppel getroffen zu werden.

Entschlossen rief die Siegmann ihren Kollegen zu: »Wir lassen uns nicht einschüchtern, sollen die doch kommen.«

DIE KUNDGEBUNG

Zwei Schüler transportierten das Rednerpult zum Marktplatz, mit dem Auftrag, es dort in der Mitte zu platzieren. Sie machten das nicht freiwillig. Jakob Hiener hatte die beiden Siebtklässler dazu verdonnert. Hatten sie es doch gewagt, zu seiner Mathe-Stunde drei Minuten zu spät zu kommen. Eigentlich hätte das gar nicht passieren dürfen, da Hiener selbst meist erst drei bis vier Minuten nach dem Klingeln den Klassenraum betrat. Nur an diesem Tage war es anders gewesen. Ein morgendlicher Streit mit seiner Ehefrau hatte ihn vorzeitig aus dem Haus getrieben. Er war pünktlich zum Unterricht erschienen und nahm das Vergehen der beiden Delinquenten als willkommenen Anlass, die demütigende Strafe zu verhängen und sich damit gleichzeitig abzureagieren für das, was ihn an seinem Leben störte. Also eigentlich alles: verpasste Lebenschancen, der falsche Beruf, die falschen Kollegen, das falsche Gehalt, die falsche Stadt, die falsche Frau. Abgesehen von der falschen Frau, wobei er sie als Grundschullehrerin manchmal auch dazu zählte, fiel für ihn das alles unter fehlende gesellschaftliche Anerkennung. Er war sich immer sicher gewesen, für größere Aufgaben bestimmt zu sein und ganz gewiss nicht dafür, sein Dasein als Lehrer in Heßlinghausen zu fristen. Dann sollten zumindest andere einen Teil seiner Lebenslast tragen, in diesem Fall eben zwei Teenager das Rednerpult.

Hiener dirigierte die beiden einmal mehr nach rechts, dann wieder nach links, etwas nach vorne, dann wieder nach hinten. Nach zehn Minuten Schlepperei in einem Radius von neun Quadratmetern stand das Rednerpult genau richtig. Von hier aus konnte der Redner einerseits in Richtung Rathaus schauen, andererseits hatte er auch das gemeine Volk voll im Blick.

Der Heßlinghausener Marktplatz war nicht das, was Touristen anzog. Hier gab es nichts von dem, was die benachbarten Kleinstädte auszeichnete. Sie hatten im Zentrum einen Marktplatz, um den sich schmucke und liebevoll restaurierte Fachwerkhäuser reihten, in manchen von ihnen Geschäfte oder Cafés, die zum Bummeln und Verweilen einluden.

Nichts davon konnte Heßlinghausen vorweisen. Die Kleinstadt war 1944 die einzige in der Umgebung gewesen, die mehrere Bombentreffer hinnehmen musste. Vielleicht hatten die alliierten Bomber bei ihrem Anflug auf die fünfzig Kilometer entfernte Metropole den Bombenabwurf getestet. Jedenfalls hatten die Geschosse nicht die Schwerindustrie der Großstadt getroffen, sondern den Marktplatz von Heßlinghausen.

Mit der brachialischen Städteplanung nach Kriegsende wurde all das errichtet, was heute niemand mehr sehen will. Zwei achtstöckige Wohnblöcke grenzten an das Rathaus, und ein Siebziger-Jahre-Bau mit Beton-Charme, der an die Bunker-Architektur aus Führers Zeiten erinnerte, komplettierte das innerstädtische Ensemble. Wer sich auf den Platz stellte, die Augen leicht zusammenkniff und sich einmal um dreihundertsechzig Grad drehte, dem schimmerte nur eine Farbe durch die Augenlider: grau.

Genau einundneunzig Personen waren jetzt auf dem Markplatz anwesend. Fünfundachtzig Lehrer, zwei Schüler und zwei vorbeischlendernde Rentnerehepaare, die gerade vom Arzt kamen und nun mit dem Rezept in der Hand ihre Medikamentendosis aus der Apotheke holen wollten. Schnell verschwanden die Senioren, und so blieb die Lehrerschaft unter sich. Anscheinend hatte der revoltierende Lehrkörper übersehen, dass um diese Zeit das Gros der Bevölkerung geregelter Arbeit nachging. Aber was wäre ein alternativer Termin gewesen?

Jakob Hiener trat ans Rednerpult. Seine große Stunde sollte nun schlagen.

»Liebe Kollegen, liebe Heßlinghausener,

von der Bildung der Menschen hängt das Schicksal einer ganzen Nation ab. Das gilt umso mehr, wenn es sich um eine Nation wie Deutschland handelt, ein Land fast ohne Rohstoffe. Uns bleibt nichts anderes übrig, als in Menschen zu investieren, in ihre Bildung und Ausbildung. All das hört man auch von Politikern aller Couleur in Sonntagsreden.

Uns Lehrern am Gymnasium geht es aber nicht um Sonntagsreden. Wir sind an jedem Wochentag im Einsatz und kämpfen um die Zukunft unseres Landes, kämpfen dafür, dass wir exzellent ausgebildete Menschen in die Welt entlassen, damit sie sich dort behaupten können.«

Die Gymnasiallehrer applaudierten, einige hielten ihre Transparente hoch. Ein Hauch von Revolution wehte durch die Kleinstadt, so etwas hatte Heßlinghausen noch nie erlebt. In der nächsten Minute kamen tatsächlich einige Menschen auf den Marktplatz geeilt, um zu sehen und zu hören, was dort geschah. Michael Ritter wunderte sich, woher sie alle so plötzlich auftauchten.

»Wir brauchen daher ein effektives Schulsystem«, fuhr Hiener fort. »Das heißt, wir brauchen ein Schulsystem, das auf die Leistungsfähigkeit der Schüler eingehen kann. Wir brauchen das dreigliedrige Schulsystem. Wir brauchen das Gymnasium. Und wir brauchen jede Lehrkraft am Gymnasium. Daher kann die Forderung nur lauten: kein Studienrat an die Hauptschule!« Oberstudienrat Hiener rief die letzten Worte mit schallender Lautstärke ins Mikrofon.

»Jawoll«, dröhnte es aus der Menge der versammelten Lehrer, und Paulus, der sich zwischen ihnen verschanzt hatte, wiederholte lautstark: »Kein Studienrat an die Hauptschule! Kein Studienrat an die Hauptschule ...« Bald skandierten die meisten mit. Ritter beobachtete das und schwieg, ebenso wie Birte Menzen und Meierhold.

»Wir fordern daher die Landespolitiker auf, Schluss zu machen mit den Versetzungen von uns Gymnasiallehrern an die Hauptschule!«

Applaus aus der Lehrermenge, den Hiener kunstvoll abwartete, um sich dann in Richtung Rathaus zu drehen. Sein Zeigefinger deutete kurz zur Stadtverwaltung, dann erhob er ihn und ließ ihn in Lehrer-Lempel-Pose verharren. Schließlich posaunte er ins Mikrofon: »Wir fordern die Stadt Heßlinghausen auf, sich als Schulträger endlich für unser Gymnasium stark zu machen!« Wieder applaudiereten die Lehrkräfte.

»Und lassen Sie mich auch das hier anfügen: Schluss mit der Heraufsetzung der Unterrichtsverpflichtung für Gymnasiallehrer! Keine fünfundzwanzig Stunden mehr für Lehrer!«

Paulus griff auch diesen Spruch auf und wiederholte lautstark: »Keine fünfundzwanzig Stunden für Lehrer! Keine fünfundzwanzig Stunden für Lehrer …« Und die Menge der Unkündbaren zog mit.

»Das ist die totale Frechheit!«

Fast unbemerkt hatte sich ein Mann im Anzug und mit Brille neben Menzen, Ritter und Meierhold gestellt. »Ich muss fünfundvierzig Stunden die Woche arbeiten, bekomme keine Überstunde bezahlt, und hier beklagt man sich über fünfundzwanzig Stunden. Nachmittags frei und vormittags recht, typisch Lehrer«, schimpfte er wie ein Rohrspatz.

»Ihr Vorwurf ist nun wirklich nicht berechtigt«, meinte Meierhold, »mit fünfundvierzig Stunden in der Woche komme ich gewiss nicht aus. Planung von Unterricht und Projekten, Mail-Korrespondenzen mit Schülern, Eltern und Kollegen, Gutachten über Schüler verfassen und natürlich Korrekturen, was zumeist unterschätzt wird. Haben Sie eine Ahnung, welchen Korrekturaufwand eine vierstündige Oberstufenklausur nach sich zieht? Knapp dreißig Schüler schreiben im Schnitt tausendfünfhundert Wörter. Das macht fünfundvierzigtausend Wörter, das kostet mal eine Arbeitswoche eines durchschnittlichen deutschen Arbeitnehmers.«

»Ach was. Faule Säcke, da hatte Gerhard Schröder schon recht. Und wer bezahlt das: alles wir, alles die Steuerzahler, da kann man wohl mehr erwarten.« Der Mann hatte eine klare Vorstellung vom Beruf des Lehrers und wie man mit Lehrern umzugehen hatte – der Lehrer als Volkseigentum, da wurde sogar der Banker sozialistisch.

»In der freien Wirtschaft würdet ihr doch gar nicht überleben«, spottete der Banker, dessen Unternehmen in der letzten Finanzkrise mit Milliarden vom Steuerzahler gerettet wurde.

»Woher wollen Sie eigentlich wissen, wie viel ich arbeite?«, fragte Meierhold.

»Anscheinend fünfundzwanzig Stunden die Woche«, antwortete der Anzugtyp. Lautes Lachen folgte von denen, die in unmittelbarer Nähe standen, während der Rest der Rede Hieners lauschte. Meierhold gab noch immer nicht seinen Versuch auf, dem Mann zu vermitteln, dass die Tätigkeit eines Lehrers mehr umfasste als die Unterrichtsstunden.

Natürlich hat Meierhold recht, dachte Ritter. Das wusste der Referendar inzwischen aus eigener Erfahrung und hatte ebenso registriert, wie viel Zeit und Energie sein Mentor in die Arbeit steckte. Der Banker erkannte seine Minderheitensituation und zog, den Demonstranten noch irgendwas zurufend, davon.

Die Zuhörer konzentrierten sich wieder auf Hiener, der sich langsam dem Ende seiner Rede näherte. Inzwischen schien auch die Lokalpresse anwesend zu sein. Ritter konnte sehen, wie ein Fotoapparat hochgehalten und auf den Redner gerichtet wurde. Er wunderte sich nur kurz, wie auf diese Weise auch nur halbwegs akzeptable Bilder entstehen sollten.

»Unser Gymnasium ist nach dem großen Goethe benannt. Er ist für uns Erinnerung, Erbe, Verantwortung und Verpflichtung zugleich. Seien wir ihm treue Nachkommen, bewahren wir das Erbe der deutschen Kultur und wehren uns gegen die absurde Bildungspolitik, die uns Wissenschaftler zu Volksschullehrern degradieren will. Wir werden nicht aufgeben, wir werden kämpfen, bis zum Letzten! Und so schließe ich mit den Worten Goethes und rufe euch zu:

Feiger Gedanken
Bängliches Schwanken,
Weibisches Zagen,
Ängstliches Klagen
Wendet kein Elend,
Macht dich nicht frei.
Allen Gewalten
Zum Trutz sich erhalten,
Nimmer sich beugen,
Kräftig sich zeigen,
Rufet die Arme
Der Götter herbei!«

»Bravoooo«, erhallte es aus allen Ecken des Demonstrationszuges. Auch die Religionslehrer riefen mit, sie schien die Vielgötterei Goethes nicht zu stören. Hier ging es ja um mehr als irgendwelche theologischen Fragen. Es ging um ihre Zukunft, da musste der eine Gott mal Pause machen.

Der Mann, in dessen Hand sich der Fotoapparat befand, war inzwischen in der Menge verschwunden, tauchte aber am Rednerpult wieder auf und machte Halt vor Jakob Hiener und Doktor Paulus, der seinem Kollegen bereits zur großartigen Rede gratuliert hatte. Er mochte Ende vierzig sein, hatte volles Haar, das ordentlich durchgefettet war, und ein von Nikotin gezeichnetes Gesicht. Er trug eine dickrandige Brille, wie sie seit den achtziger Jahren wohl niemand mehr aufsetzte, abgesehen von besonders hippen Studenten im Szenekiez der Großstadt. Über seinem Bauch, dessen Umfang an südamerikanische Urwaldbäume erinnerte, spannte das Hemd bis zum Äußersten. Die Jeans war zwar um den Bauch herum knalleng, um die ausgesprochen dünnen Beine herum allerdings schlabberte die Hose.

Der Mann hieß Helmut Fink. In Heßlinghausen aufgewachsen, hatte er das Goethe-Gymnasium besucht, zumindest bis zur achten Klasse. Nachdem Jakob Hiener ihm eine Fünf in Mathe und eine in Physik verpasst hatte, war er mit

Zwischenstation Realschule an die Theodor-Heuss-Hauptschule weitergereicht worden und hatte später an der Gesamtschule im Nachbarort das Abitur abgelegt. Anschließend nahm er in der Metropole ein Studium für Geschichte und Soziologie auf, das er nach 36 Semestern abbrach, kehrte zurück nach Heßlinghausen und zog in die Einliegerwohnung im elterlichen Haus. Seitdem schrieb er für das Heßlinghausener Tageblatt auf Honorarbasis. Damit kam er mehr schlecht als recht über die Runden.

Hiener erinnerte sich aber gar nicht mehr an seinen ehemaligen Schüler, anders als Paulus. Der dachte pragmatisch und wusste, dass ihnen der Ex-Schüler nun nützen konnte. »Herr Fink, schön dass Sie hier sind«, begrüßte er ihn.

»Herr Seifert hat mich heute schon angerufen. Als erstes würde ich gern etwas über das neue Programm GH 2020 erfahren«, äußerte Fink.

»Selbstverständlich, da rufe ich einmal den Kollegen Michael Ritter, der ist für das Konzept verantwortlich«, antwortete Paulus und winkte hektisch Ritter zu, der sogleich herbeieilte.

»Fink vom Heßlinghausener Tageblatt. Herr Ritter, Sie sind also für GH 2020 verantwortlich. Was hat es denn damit auf sich?«, wollte der Lokaljournalist wissen.

Ritter bekam leichte Atemprobleme. Die Presse, jetzt ist es aus, schoss ihm durch den Kopf. Eine Wahl hatte er aber nicht, er musste va banque spielen, es gab kein Zurück mehr, also volles Risiko.

»Wir sehen in der Hochbegabtenförderung eine bedeutende Frage unserer Gesellschaft. Und mit GH 2020 wollen wir eine Vorreiterschule sein, eine Modellschule möglicherweise für das ganze Land. Wir wollen ein Kompetenzzentrum für die Förderung von Hochbegabten gründen.« Ritter war über sich selbst überrascht, er klang wie der Pressesprecher eines DAX-Konzerns.

»Herr Ritter kommt aus der Hochbegabtenforschung«, ergänzte Paulus.

Fink notierte das zwar, schien aber nicht sonderlich beeindruckt zu sein. Eher lustlos fragte er nach: »Inwiefern spielt die Forschung hier eine Rolle?«

»GH 2020 basiert auf dem Marburger Hochbegabtenprojekt«, antwortete Ritter, »das ja weltweit anerkannt ist. In der konkreten Umsetzung ist unser Konzept stark von angloamerikanischen Einflüssen geprägt.«

»Inwiefern?«

Schlechte Frage. Was weiß ich, dachte Ritter und antwortete: »In der Forschung ist man sich ja noch nicht über die Ursachen von Hochbegabung gänzlich einig. Viele gehen davon aus, dass sowohl das soziale Umfeld als auch genetische Faktoren eine Rolle spielen. Vor allem kann man inzwischen die Vorurteile revidieren, dass Hochbegabte immer Außenseiter sind oder Konzentrationsprobleme haben.«

»Aber die gibt es auch?«

»Ja, auf jeden Fall, schlechte Schüler können auch hochbegabt sein. Davon geht die Forschung derzeit aus«, gab Ritter zunehmend selbstbewusst an.

Finks Mundpartien bekamen plötzlich einen freundlicheren Zug, ihm schien die Antwort zu gefallen. »Das heißt also, dass manche es zwar am Gymnasium nicht geschafft haben, aber dennoch hochbegabt sind?«, wollte er wissen.

»Das ist richtig, Herr Fink.«

»Und das wollen Sie in Zukunft am Goethe-Gymnasium verhindern?« Fink strahlte übers ganze Gesicht, als er seinem Gesprächspartner diese Frage stellte.

»Ja, das wollen wir. Mit GH 2020 fördern wir diese Schüler. Die erste wichtige Säule wird das Überspringen von Klassenstufen sein. Die zweite soll die Bearbeitung von gesonderten Aufgaben darstellen. Diese Aufgaben stehen nicht im Lehrplan, sie sind ganz an den Interessen der hochbegabten Schüler orientiert.« Ritter wuchs in die Rolle des Professors von Köpenick rein und gefiel sich sogar darin.

Paulus ergänzte: »Ein wegweisendes Zukunftskonzept, das Goethe-Gymnasium ist schon jetzt eine Modellschule für das 21. Jahrhundert. Und das alles auf der Basis neuester wissenschaftlicher Erkenntnisse. Anderes käme für uns nicht infrage.«

»Vielen Dank, Herr Ritter, dann würde ich gern noch mit den anderen Lehrkräften sprechen.«

»Eine kleine Frage noch«, stoppte Ritter den Lokalreporter, »ich bin noch nicht so lange hier. Ist das Heßlingerhausener Tageblatt eigentlich auch online zu lesen?«

»Nein, nur gedruckt, da sind wir ganz klassisch.«

Ritter war erleichtert.

Fink wandte sich wieder Hiener und Paulus zu. Der Sonnenschein war von seinem Gesicht verschwunden, eher sah es nach Gewitterwolken aus. »Können Sie mir in zwei Sätzen sagen, warum Sie nicht an die Hauptschule wechseln wollen?«, fragte er betont lustlos.

»Sie sind der Profi, Kollege Hiener, das sollten Sie beantworten«, meinte Paulus und übergab an seinen Kollegen. Hiener wiederholte die prägnantesten Passagen seiner Rede und hatte natürlich auch die Floskeln parat, die jeder Politiker beherrschte: Verantwortung übernehmen, Zukunft sinnvoll gestalten und so weiter.

»Warum will denn keiner von Ihnen an die Heuss wechseln?«

»Wir sind dafür nicht ausgebildet, das können die Kollegen viel besser als wir«, antwortete Hiener geschickt. Übersetzt hieß das: Die blöden Hauptschullehrer haben nicht wirklich studiert, sind daher keine Akademiker und insofern sollen sie sich um diejenigen Kinder kümmern, die auch keine Akademiker werden.

Fink notierte. Eigentlich hatte man von den Lokaljournalisten nichts zu befürchten. Die Angst vor dem Zeitungssterben war in der Provinz so groß, dass kritische Berichterstattung fast nicht stattfand. Auch das Heßlinghausener Tageblatt berichtete lieber brav und ausführlich über irgendwelche Aktionen der lokalen Geschäftswelt, als Missstände in der Kommune aufzudecken. Berichterstattung und

Werbung wurden meist bereitwillig miteinander verwoben, und leserfreundlich füllte man die Seiten mit Artikeln über die Fußball-Kreisligaspiele der ersten Herren vom TSV Heßlinghausen oder die über die Stadtgrenzen hinaus bekannte Damenmannschaft im Volleyball.

Trotz allem, Fink war nicht auf den Kopf gefallen und durchschaute das Tarnmanöver. Schließlich hatte er selbst mit dem Lehrkörper seine Erfahrungen gemacht, die ihn hin und wieder sogar im Traum einholten. Eigentlich waren es zwei Träume, die sich abwechselten. Und beide waren schlimm. In dem einen musste er an der Tafel stehen und wurde vom Mathematik-Großinquisitor endlos durch die Mangel gedreht.

Den gleichen Grad der Demütigung erreichte auch der andere Traum, der ihn stets in eine konkret erlebte Situation führte: Als Übung für die Bundesjugendspiele sollten die Schüler der sechsten Klasse über einen Querkasten springen. Der schon früh etwas korpulente Helmut Fink scheiterte wieder und wieder: Entweder bremste er seinen Anlauf vorher ab und rannte am Kasten vorbei oder, wenn er allen Mut zusammengenommen hatte, voll dagegen.

Beim Ernstfall, den Bundesjugendspielen, hatte er es dann geschafft, seinen Körper über den Kasten zu hieven. Nur landete er auf dem Steißbein. Die Luft blieb ihm weg, er lag flach auf dem Rücken, alle Viere von sich gestreckt. Fachfremde Kampfrichterin war die Biologielehrerin Siegmann. Sie beugte sich über ihn und lachte ihn aus. Die ganze Halle lachte mit.

»Gibt es bei Ihnen Kritik an den Hauptschullehrern?«, wollte Fink wissen.

»Keineswegs, wir schätzen die Arbeit der Kollegen sehr. Nur brauchen wir jede Lehrkraft am Gymnasium«, antwortete dieses Mal Paulus direkt.

»Sie meinen, die Heuss-Schule braucht die Lehrkräfte nicht?«

»Auch die brauchen jede Lehrkraft, aber deswegen kann man uns doch nicht dorthin versetzen.«

»Was denken Sie über die Schüler der Heuss-Hauptschule?«, fragte Fink.

»Schwierige Schüler sind da, hoher Migrantenanteil, das wäre nichts für mich«, entgegnete Hiener und setzte seine Arme und Hände zu großen Gesten ein, so wie er es im Studententheater gelernt hatte. Fink fotografierte währenddessen den Oberstudienrat, der sich geschmeichelt fühlte, dass nun auch sein imposantes Auftreten dokumentiert würde.

»Da sind wir uns einig«, meinte Fink und senkte vertrauensvoll seine Stimme, um leise kundzutun: »Meines Erachtens sollte man die alle abschieben, die sich nicht in der Schule anstrengen, oder?«

»Ja, das kann man durchaus so sehen«, flüsterte Hiener zurück.

Tiefer Fall

Um 7.45 Uhr betrat Jakob Hiener bester Stimmung und in Erwartung abermaliger Gratulationen zu seiner bahnbrechenden Rede das Lehrerzimmer. Er merkte sofort, dass etwas nicht stimmte. Die Lehrkräfte saßen an den Tischen und hatten die Köpfe in das Heßlinghausener Tageblatt gesteckt.

»Lügenpresse«, rief einer. »Dieser Schmierfink«, meldete sich ein anderer aus einer Ecke des Lehrerzimmers und stürmte, als er Hiener erblickte, mit der Zeitung in der Hand wedelnd auf ihn zu.

Der konnte nicht glauben, was er dort las. In großen Lettern titelte die Lokalzeitung: »Dieser Lehrer will Ausländerkinder abschieben«.

Daneben ein Foto von Hiener, der die Augen nur halb geöffnet hatte, die Pupillen waren gar nicht mehr zu sehen. Der Studienrat erweckte den Eindruck eines Volltrunkenen. Zu allem Übel hielt er seinen rechten Arm leicht ausgestreckt nach oben.

Hiener war fassungslos. Was bildete sich dieser Fink ein? So etwas konnte er doch nicht machen!

Er wurde dargestellt wie ein verblödeter Neonazi. Das traf ihn, der seit Studententagen Mitglied der SPD war und die Werte des liberalen Staates hochhielt, doppelt in seiner Ehre. Er spürte, wie ihm heiß und kalt zugleich wurde und sein Puls erreichte eine Frequenz, deren Höhe kaum noch messbar war.

Beruhigung war nicht in Sicht, denn der Text unter dem Bild und der Schlagzeile hatte es in sich:

»Das gab es noch nie Heßlinghausen. Lehrer Jakob Hiener spricht sich offen dafür aus, ausländische Jugendliche abzuschieben. Interessiert ihn gar nicht, dass die Jugendlichen hier aufgewachsen sind? Ist es ihm gleichgültig, dass diese jungen Menschen meist keinerlei Beziehung zum Herkunftsland ihrer Großeltern haben?

Zum Hintergrund: Am Goethe-Gymnasium geht die Angst um. Einige Studienräte sollen an die Heuss-Schule versetzt werden. Das Kultusministerium hat diesen Beschluss gefasst. Staatssekretär Walter Wendel: ›Der Lehrermangel an den Hauptschulen ist zu groß, an den Gymnasien herrscht ein Überhang an Lehrern. Da müssen wir Abhilfe schaffen.‹

Lehrer Hiener scheint das nicht zu interessieren. Gegenüber unserer Zeitung sagte er: ›Der hohe Migrantenanteil an der Heuss, das wäre nichts für mich.‹ Damit nicht genug. Er kann sich durchaus vorstellen, diese Jugendlichen abzuschieben.

Am Goethe-Gymnasium gibt es Schüler, die sich über einen Wechsel freuen würden. Die vierzehnjährige Jasmin N. (Name von der Redaktion geändert) meint: ›Manche Lehrer haben von Pädagogik keine Ahnung. Die können gerne verschwinden.‹ Oberstufenschülerin Anna-Sophia (Name von der Redaktion geändert) wird noch konkreter: ›Hiener gebe ich in Mathe, Physik und Philosophie eine Fünf.‹ Damit werde er aber vielleicht versetzt, spottet die Achtzehnjährige.

An der Heuss-Schule ist die Stimmung seit gestern ebenfalls schlecht. Ahmet Ü. (Name von der Redaktion geändert) schaut sich das Bild von Jakob Hiener an. Er ist sich sicher: ›Voll der Nazi, der kriegt hier richtig Probleme.‹«

Hiener bekam Zuspruch von allen Seiten, auch von Ritter. Der Mann tat ihm leid, das war nicht fair. Aber es half nichts, Hiener fühlte sich hundeelend. Helmut Fink hatte ihn am empfindlichsten Punkt getroffen. Wie stand er nun da in der Heßlinghausener Öffentlichkeit? Jenseits davon hatte eh noch niemand etwas von ihm oder seinen Leistungen gehört. Das Meer seiner einstigen Träume und Wünsche war so aufregend wild gewesen und hatte ihn doch nur in den Hafen der Provinz gespült. Und nun drohte er dort unterzugehen. Das Leben als Wettlauf um Anerkennung, er hatte ihn verloren, nur im Lehrerzimmer zollte man ihm noch Respekt, in den sich inzwischen aber eine gefährliche Dosis an Mitleid mischte.

»Helmut Fink, dieses Brechmittel!« Religionspädagoge Paulus brachte die Stimmung auf den Punkt und lieferte eine Erklärung für die mediale Katastrophe: »Der war schon in der achten Klasse unausstehlich.«

Hiener, der fassungslos in die Leere des Zimmers geschaut hatte, riss die Augen auf und blickte Paulus an. Helmut Fink! Achte Klasse! Es dämmerte ihm. Dieser intellektuelle Totalausfall hatte damals weder von der Mathematik noch von der Physik die leiseste Ahnung. Er hatte ihm zwei mangelhafte Noten gegeben und war sich nun nicht mehr ganz sicher, ob er in Mathe oder Physik oder gar in Mathe und Physik kurz davor gewesen war, dem Jungen eine Sechs zu geben.

»Der will sich rächen«, konstatierte Hiener.

»Davon müssen wir wohl ausgehen«, bestärkte ihn Paulus.

Hiener ließ die Zeitung sinken, die Seiten fielen auseinander. Ritter bückte sich, hob sie auf und sah auf Seite drei einen weiteren Artikel mit der Überschrift »GH 2020. Goethe-Gymnasium als Modellschule des 21. Jahrhunderts.« Schnell nahm er die Zeitung an sich und verließ eiligst den Raum in Richtung Lehrer-WC. Dort schloss er sich in einer Kabine ein und las: »Lange hatten die Gymnasien ein großes Problem: Sie erkannten die hochbegabten Schüler nicht. Schlechte Leistungen wurden oft mit Unvermögen verwechselt. Nun ist Doktor Michael Ritter am Goethe-Gymnasium und will Abhilfe schaffen. Der ausgewiesene Experte hat in einem Exklusiv-Interview mit unserer Zeitung das bahnbrechende Konzept ...«

Ritter konnte nicht weiterlesen. Das durfte keiner sehen, vor allem nicht die Kollegen, dachte er. Er zerriss die Zeitung in kleine Stücke, warf sie ins Klo. Und spülte. Einmal, noch einmal und noch einmal. Sicher ist sicher.

Zurück zum Alltag

Michael Ritter war den ganzen Nachmittag in der Schule geblieben, hatte er sich doch auf Anraten seines Mentors Meierhold eine sogenannte Lerntheke zum Thema Menschenrechte für die Klasse 10d Klasse zusammengestellt. Eigentlich war das Prinzip recht einfach, wurde aber in der neuen Ratgeberliteratur für angehende Lehrkräfte als pädagogische Innovationsrakete verkauft. Man stellte rund zehn Arbeitsblätter zu einem Thema zusammen, legte diese am Lehrerpult aus und gab den Schülern mehrere Schulstunden Zeit, sie in selbstbestimmter Auswahl zu bearbeiten. Der Lehrer konnte sich während dieser Zeit entweder zurücklehnen oder je nach Bedarf für die Fragen der Schüler zur Verfügung stehen. Dafür hatte er länger in die Vorbereitung investiert, und was am Ende noch für Kontrolle und Korrektur der Arbeitsergebnisse der Schüler an Zeit aufzuwenden war, würde er sehen.

Tatsächlich schien die Methode zu funktionieren, davon hatte Ritter sich in mehreren Hospitationsstunden bei Meierhold überzeugt. Während im üblichen Frontalunterricht die Schüler dazu neigten, in ein jeweils fünfundvierzigminütige Wachkoma zu fallen, arbeiteten sie hier weitgehend konzentriert. Meierhold erstaunte das selbst, und er hatte Ritter gegenüber zugegeben: »Ich verstehe das auch nicht. Eigentlich müsste es doch langweilig sein, mehrere Arbeitsblätter vorgelegt zu bekommen, um sie dann abzuarbeiten. Die Schüler motiviert das aber. Warum auch immer.«

Als Michael Ritter auch die letzte Kopiervorlage des von Meierhold geliehenen Heftes »DemokratieDidaktik Rostock« durch das Gerät gejagt und damit dreißig mal zehn Blätter vervielfältigt hatte, konnte er entspannt den Heimweg antreten. Normalerweise war um 18.30 Uhr höchstens noch der

Hausmeister im Schulgebäude anzutreffen, ab und an auch noch den ein oder anderen der Lehrkräfte, die mit Schülern in der Schülervertretung zusammenarbeiteten. Heute war allerdings einer der Tage, an dem ein Treffen der Theater AG stattfand. Die wurde von Birte Menzen geleitet, und Ritter entschied sich, noch einmal schnell vorbeizuschauen.

Er verließ den Kopierraum, um zur Aula zu gehen. Als er an der Tür zum Keller vorbeikam, stoppte er. Dort schien sich jemand aufzuhalten. Er näherte sich, hielt sein Ohr an die Tür und konnte Stimmen hören. Sollte er weitergehen oder nach dem Rechten schauen? In der Zeitung hatte er gelesen, dass in Schulen durchaus eingebrochen wurde, um das wenige Kostbare, das dort auffindbar war, zu entwenden. Etwas unheimlich war ihm schon zumute. Sollten hier tatsächlich Einbrecher am Werke sein, wäre er hoffnungslos überfordert. Und so schlich er in Richtung Aula, bis ihn doch das schlechte Gewissen einholte.

Er nahm sein Handy, tippte die Zahlen 112 ein und legte seinen Daumen auf den Wahlknopf. Er hatte vor, die Tür nur einen kleinen Spalt zu öffnen und gegebenenfalls sofort die Notrufnummer zu wählen. Als er die Klinke langsam herunterdrückte, begann sich die Tür nach innen zu öffnen. Sein Herz setzte zum Sprint an. Als er vorsichtig einen Blick in den Raum werfen wollte, fing die Tür heftig zu knarren an. Gerade wollte er sie zufallen lassen und wegrennen, als er die Personen erkannte: Jakob Hiener saß neben der Kollegin Schwenkow auf dem Fußboden des Schulkellers. Vor den beiden lagen ausgebreitete Schulhefte und mehrere Flaschen Wein.

»Michael, komm rein und setz dich zu uns«, lallte Jakob Hiener. Ritter trat näher.

»Brigitte«, sagte die Schwenkow und hielt ihm die Hand entgegen.

Man bot dem Referendar Wein an, ohne Glas, gleich eine ganze Flasche. Jakob Hiener setzte an und schien seine Rede an der Stelle wieder aufzunehmen, an der Ritters Auftauchen sie unterbrochen hatte. »Habe ich mich nicht immer für die Schüler eingesetzt? Bildung sollten sie bekommen. Wahre Bildung. Was lernen fürs Leben. Und was ist dabei rausgekommen? Die hauen einen in die Pfanne.«

Brigitte ergänzte: »Das haben wir nicht verdient. Wofür haben wir denn studiert? Kleine Monster sind das. Die wollen uns fertigmachen.«

Diese Häufchen Elend riefen bei Michael Ritter eine bizarre Mischung aus Mitleid und Verängstigung hervor. Die Angst schürte Hiener sogleich, als er sagte: »Michael, überleg dir genau, ob du wirklich Lehrer werden willst. Das ist es doch alles nicht wert. Niemand in dieser Scheiß-Gesellschaft weiß, was wir täglich leisten. Nicht die Spur der Anerkennung. Nur Häme. Und dann kommt noch dieser Fink. Schau dir das mal an!«

Hiener hielt Ritter ein Heft unter die Nase und seine Weinflasche entgegen. Man prostete sich zu und wenige Tropfen aus Ritters frischer Flasche tropften auf das Heft, das dem einstigen Achtklässler Helmut Fink gehörte.

»Keine Ahnung hatte der. Aber dafür kann ich doch nichts. Der war einfach zu dumm. Guck dir das an, einfachste Prozentrechnung: Fünf Prozent von 80, da ist der gnadenlos gescheitert. In der achten Klasse!« Hiener lachte fast diabolisch, sodass Ritter wieder nicht wusste, ob er Angst oder Mitleid haben sollte.

»Es ist doch kein Wunder, dass alles bergab geht, wenn solche Leute in unserer Gesellschaft auch noch Einfluss haben.« Hiener griff zur Weinflasche und ließ den Traubensaft in den Rachen laufen, bis sie leer war.

Da saßen sie nun, gestrandet im Keller der kleinstädtischen Bildungseinrichtung, frustriert von all den nicht erfüllten Lebenswünschen. Die psychische Verfassung dieser beiden Pädagogen näherte sich wohl mehr und mehr dem Zustand ihrer Leber an, zerfressen von den Herausforderungen des Schulalltags und dem Unvermögen, damit umzugehen.

Bei Ritter siegte nun endgültig das Mitleid, und seine Gedanken gingen zurück in die eigene Zeit an der Uni: Für die Professoren waren angehende Lehrer nur Studenten zweiter Klasse. Beratung für die Berufswahl gab es nicht, und ob die Studenten für die eingeschlagene Laufbahn geeignet waren, interessierte keinen und wurde auch nie thematisiert. Hätte ihm jemand sagen sollen, sagen können, er sei nicht geeignet für den Beruf?

»Warum hast du denn auf Lehramt studiert?«, wollte Ritter von Brigitte wissen.

»Ich konnte immer gut Diktate schreiben, und Leistungskurse in Deutsch und Erdkunde habe ich schon in der Schule belegt. Da dachte ich, das passt doch.«

Was hatte Ritter eigentlich erwartet? Irgendwie wohl aber doch mehr als ein so nichtssagendes Bekenntnis.

»Hat dir das Studium gefallen?«

»Langweilig, die ganze Literaturwissenschaft war echt langweilig.«

»Und warum gerade Lehramt?«

»Das ist doch familienfreundlich.«

»Hast du Familie?«

Brigitte fing an zu weinen.

Ritter versuchte, sie sich als Studentin vorzustellen. Ein freundliches Bild wollte nicht zustandekommen. Vermutlich war sie durch das Studium gestolpert, hatte sich hin und wieder am Bahnhofskiosk einen neuen Groschenroman gekauft und für den Arzt aus diesen schmalzigen Geschichten geschwärmt, der im weißen Kittel souverän auftrat und den Frauen tief in die Augen blickte. In ihrem Leben gab es, so vermutete er, aber keinen Arzt im weißen Kittel, sondern nur Therapeuten. Er hoffte, dass er sich täuschte. Und es musste doch nicht zwangsläufig so sein, dass die Endstation das Tiefparterre einer Schule war.

Er rief den beiden ein Taxi und brachte sie zum Haupteingang des Goethe-Gymnasiums, wo sie nach zwanzig schweigend verbrachten Minuten abgeholt wurden.

Trotz kurzen Zögerns machte sich der Referendar doch noch auf den Weg in die Aula. Er ging die Treppen nach oben und hörte schon von weitem laute Stimmen. Als er die Tür öffnete, erblickte er eine Oberstufenschülerin auf der Bühne, die sehnsuchtsvoll in die Augen eines Mitschülers sah und halb laut und halb nuschelnd sagte: »Wo warst du? Ich habe dich vermisst!«

»Versuch noch lauter und akzentuierter zu sprechen«, unterbrach Birte Menzen, kletterte auf die Bühne zu den beiden Jungschauspielern und wiederholte die Worte klar artikuliert und mit einer Stimme, die vor Herzschmerz fast schrie: »Wo warst du? Ich habe dich vermisst!«

Ritter war erstaunt, denn nur manche schauten auf die Bühne. Andere probten im Raum verteilt Passagen und korrigierten sich gegenseitig. Manche saßen auch nur auf den Stühlen, plauderten, andere wiederum spielten mit ihrem Smartphone.

»Ah, Herr Ritter, schön, dass Sie einmal vorbeischauen.«

Neben ihm stand eine Frau, die er zwar im Kollegenkreis wahrgenommen, mit der er aber bisher noch nicht zu tun hatte. Sie war keine sonderlich auffällige Person, kurze und leicht lockige graue Haare, auf Zehenspitzen vielleicht einen Meter sechzig groß. Die schwarze Jeans saß eng an den kräftigen Beinen, und ihre weiße Bluse hatte am Kragen Rüschen.

»Wir hatten ja noch keine Gelegenheit«, sagte sie. »Ich bin Dagmar«, und streckte ihm die Hand entgegen.

»Freut mich, ich bin Michael.«

Wie ihm das Referendariat gefalle, fragte sie. Ob er viel lerne, fragte sie. Ob ihm die Schule Freude bringe, fragte sie. Und ob er nach dem Referendariat weiter an einer Schule bleiben wolle. Als er ausweichend antwortete und entgegnete, es noch nicht genau zu wissen, hakte sie nach. Warum, fragte sie.

Er sehe so viele unzufriedene Lehrer, so wolle er nicht in zehn Jahren dastehen, meinte er.

Die kurz vor der Pension stehende Lehrerin schaute den Referendar erstaunt an. »Aber sieh dir das mal an! Das ist doch ein Traum!« Sie zeigte in alle Richtungen des Raumes. »Begeisterte Schüler. Das ist so großartig.« Die Augen der Lehrerin leuchteten, und sie strahlte Ritter an, dass die Falten in ihrem Gesicht deutlich sichtbar wurden.

»Aber es ist auch extrem anstrengend«, erwiderte Ritter. Schließlich sei es inzwischen fast 20 Uhr, da könne man auch andere Dinge machen.

»Klar, das ist manchmal sehr anstrengend. Aber die Theater-Arbeit ist für mich eine richtige Tankstelle. Wenn mir die Korrekturen mal wieder auf die Nerven gehen, dann hole ich mir hier neue Energie. Das Schönste sind die Aufführungen. Du kannst dir nicht vorstellen, wie glücklich die Schüler sind, wenn sie auf der Bühne stehen und nachher der Applaus kommt. Diese Anerkennung ist ...«

Sie wurde durch die Rufe zweier Teenager unterbrochen: »Frau Grün, könnten Sie mal kommen.«

Sich bei Ritter entschuldigend, eilte sie zu den Schülern. Die beiden Sechzehnjährigen saßen sich auf Stühlen gegenüber und probtem offensichtlich eine Szene. Dagmar Grün holte sich einen Stuhl, setzte sich zu den beiden und hörte ihnen mehrere Minuten zu. Ritter sah, wie sie überlegte, dann zu sprechen begann, unaufgeregt und nachdenklich. Sie rief Birte Menzen, die sich ebenfalls einen Stuhl griff, um sich in den Kreis zu setzen. Hier dozierte niemand, hier diskutierte man, hörte einander zu, wog ab. Ritter konnte es genau beobachten, ohne auch nur ein Wort zu verstehen.

»Herr Ritter, was machen Sie denn hier?« Katharina aus der 10d war neben ihm aufgetaucht. Sie trug ein rotes langes Abendkleid. Offenbar gehörte das zu ihrer Rolle.

»Ich wollte mal sehen, was ihr hier so macht«, antwortete er.

»Noch zwei Monate, dann haben wir Premiere. Hoffentlich schaffen wir das«, sagte die Zehntklässlerin.

»Mit Frau Menzen und Frau Grün kann ja gar nichts schiefgehen«, versuchte Ritter dem Mädchen Mut zu machen.

»Ohne die beiden würden wir das nie schaffen. Die sind wirklich toll.«

»Was ist denn so toll an denen?« Ritter wollte es wissen. Was machten die beiden anders als die Kellerasseln?

Katharina dachte nach und sagte nach einigen Sekunden: »Sie nehmen uns ernst.«

Ritter schaute die Schülerin fragend an, aber mehr kam nicht. War das wirklich alles? War das wirklich das Erfolgsrezept, um als Lehrer Schüler zu erreichen, ohne sie zu frustrieren?

»Kannst du das genauer erklären«, fragte Ritter, kaum in der Lage, eine konkrete Nachfrage zu stellen.

»Die sind interessiert an uns. Da hat man nicht das Gefühl, dass man sie ständig stört. Frau Grün fragt uns, was wir denken. Sie hören einem zu und wollen wissen, was wir zu sagen haben. Die meisten Lehrer sind da anders. Die beiden aber fordern und begeistern uns, und das motiviert.«

Das war pointierter als alles, was er in den Pädagogik-Seminaren an der Universität gehört hatte. Begeisterung als Motor des Lernens, das klang plausibel. Wofür die Neurowissenschaften aufwändige Untersuchungen brauchten, benötigte die Zehntklässlerin ein paar klare Worte über ihre Schulerfahrung.

Ritter geriet ins Grübeln. Konnte das Bild wirklich so eindeutig sein? Er fragte nach: »Stört dich denn gar nichts an den beiden?«

»Natürlich nerven die auch mal. Bei Frau Grün habe ich es bisher noch nie geschafft, in Englisch eine Eins zu bekommen, obwohl ich wirklich alles kann. Aber gut, niemand ist perfekt.« Katharina lachte und hielt kurz inne, dann ergänzte sie: »Auf sie ist in jeder Hinsicht Verlass, sie ist zwar streng, aber nicht willkürlich. Man weiß, woran man ist.«

In dieser Nacht wälzte sich Ritter unruhig in seinem Bett hin und her. Immer wieder gingen ihm Katharinas Worte durch den Kopf.

EIN KEEPER AN DER THEKE

Ein Unterrichtsbesuch von Mentor Meierhold stand an. Ritter hatte sich gründlich darauf vorbereitet. Menschenrechte sollte das Thema der Stunde sein. Meierhold hatte ihm Material zur Verfügung gestellt, darunter einen von ihm selbst verfassten fachdidaktischen Aufsatz sowie dazugehöriges Unterrichtsmaterial. Beides war erschienen in der von Meierhold herausgegebenen Zeitschrift »Demokratie-Didaktik Rostock«.

Pünktlich war Michael Ritter zum Unterricht in der 10d erschienen und hatte alles hergerichtet. Die Arbeitsblätter waren sorgfältig geordnet am Lehrerpult ausgelegt worden, und Barkeeper Michael verschanzte sich hinter dem Tresen. Er war bereit, es konnte losgehen.

Wer auf die Idee gekommen war, dieser Methode den Namen Lerntheke zu geben, wusste niemand genau. Ob der Namensgeber damit versuchte, an die Lebenswelt von Sechzehnjährigen anzuknüpfen, die an den Wochenenden ihre Alkoholexzesse zelebrierten?

Ritter hatte das Meierhold-Unterrichtsmaterial noch um einige Fakten erweitert, die er im Netz gefunden hatte. Die verschiedenen Arbeitsblätter widmeten sich unterschiedlichen Perspektiven zum Thema, so der Frage nach den Ursprüngen der Menschenrechte, welche internationalen Erklärungen es dazu gab, der Menschenrechtskonzeptionen im Ostblock sowie in den westlichen Demokratien. Zudem ging es um die Bedeutung der Menschenrechte in der Gegenwart.

Letztlich sollten die Schüler zu einem Urteil kommen, wie Menschenrechte zu definieren und zu bewerten seien.

Mit dem Klingeln betrat Mentor Meierhold den Klassenraum und nahm in der hinteren Reihe Platz, um das

Geschehen zu beobachten. Die Schüler der 10d kamen nach und nach. Manche Mädchen zogen eine Wolke an Parfum hinter sich her, manche Jungs eine Wolke kalten Rauchs, und einige eine Mischung aus beidem. Ritters Begrüßung mit einem sportlichen »Guten Morgen« wurde wenig energiereich erwidert. Inzwischen kannte er die Schüler etwas besser und auch keineswegs nur deren Namen, was ihn von manchem erfahrenen Kollegen unterschied.

Nach dem kurzen Einstieg und der Hinleitung zum Thema erläuterte Ritter das Konzept der Lerntheke. Als das Wort »Lerntheke« fiel, hörte er einen Teenager in der letzten Reihe fragen: »Und wo sind die Getränke?« Er konnte sich des Gelächters der anderen sicher sein.

Dann ging es in Zweier-Teams an die Arbeit. Und tatsächlich, es funktionierte. Die Schüler arbeiteten konzentriert mit dem Material von der Theke. Ein paar allerdings beschäftigten sich auch mit anderen Dingen. Als Ritter bemerkte, dass einer dieser Schüler nur mit seinem Handy spielte, trat er auf ihn zu und forderte ihn freundlich auf, das Mobiltelefon abzuschalten und wegzulegen.

»Ich hab doch gar nichts gemacht«, blaffte der Schüler den Referendar an. Es war Friedemann Hellfeuer, Sitznachbar vom Halbfinalisten der Tischtenniskreismeisterschaften Jannik Elikopter und durchaus ein ungewöhnlicher Typ am Goethe-Gymnasium.

Seinen Seitenscheitel hatte der Teenager am Morgen streng gezogen und mit einer Handvoll Gel angefettet. In den Kragen seines hellblauen Hemdes hatte er ein Seidentuch gestopft. Eigentlich hätte er besser in einen der Stadtteile der Metropole gepasst, wo man jeden Tag in der Reality-Soap »Reich und noch reicher« mitspielte. Dort zeigte man tatsächlich aristokratische Allüren, wenn man beispielsweise den Grundschulpädagoginnen kurz vor dem Übergang auf die weiterführende Schule prophylaktisch per Rechtsbeistand mitteilte, dass das eigene Kind »gymnasial geboren« sei.

Ritter kannte weder den Hintergrund Hellfeuers noch scherte er sich darum und sagte nun zu dem Teenager: »Du hast mit deinem Telefon gespielt.«

Friedemann Hellfeuer erwiderte stur: »Nee, hab ich nicht.«

Ritters Ton wurde strenger: »Schalt das Ding aus und pack es weg.«

Der Schüler verdrehte die Augen und verfrachtete das Mobiltelefon in seine Hosentasche.

Ritter bestand auf seiner Forderung, der Schüler solle es ausschalten.

Trotzig kam von Hellfeuer: »Hab ich doch.«

Ritter spürte ein leichtes Ticken auf seinem Rücken, drehte sich um und sah eine Schülerin, die sich meldete und offensichtlich eine Frage hatte. Noch bevor er sich ihr zuwandte, verlangte er von Hellfeuer: »Hol das Handy bitte raus und zeig, dass du es ausgeschaltet hast.«

Der Schüler zückte das Handy, wobei er wiederum in routinierter Art die Augen verdrehte.

»Herr Ritter, ich habe eine Frage«, rief die Schülerin jetzt.

Mit einem Blick auf das Display überzeugte sich Ritter, dass das Handy nur auf lautlos geschaltet war.

Friedemann Hellfeur maulte: »Das ist doch aus.«

»Nein, es ist lautlos. Mach das jetzt bitte aus.«

»Lautlos ist doch aus.«

»Du machst das jetzt aus, ansonsten gibt's hier richtig Ärger«, sagte Ritter in scharfem Ton.

Der Schüler ließ seine Augen wieder ihre Paraderolle spielen und schaltete das Handy aus.

Ritter war sich nicht sicher, ob er sich richtig verhalten hatte, und blickte daher zu seinem Mentor. Meierhold nickte zustimmend. Endlich konnte sich Ritter der Schülerin zuwenden, doch inzwischen waren weitere Finger nach oben gegangen. Die Schülerin wollte wissen, was man unter »universell gültig« zu verstehen habe. Ritter erklärte es ihr und flitzte dann zum nächsten Schüler, beantwortete dessen Fragen zum Text, erläuterte einem anderen ein

Fremdwort und bemerkte dann, dass der junge Mann mit den rollenden Augen wieder mit seinem Handy spielte. Er schnellte auf ihn zu und forderte Hellfeuer auf, ihm das Gerät zu geben. Er könne es sich nach der sechsten Stunde beim Schulleiter abholen.

Hellfeuer protestierte: »Das können Sie nicht machen.«

»Das kann ich. Du gibst mir nun dein Handy.«

»Herr Ritter, wann kommen Sie denn endlich«, rief jemand aus der anderen Ecke des Klassenraums.

Rollendes Auge gab dem Referendar das Handy und meinte, während er blasiert grinste: »Ich hoffe, Sie haben einen guten Rechtsanwalt.«

Ritter entgegnete: »Nein. Aber ich habe selbst Jura studiert.« Das Grinsen verschwand aus Hellfeuers Gesicht. Seine Augen kamen zum Stillstand und glotzten Ritter blöd an. Damit hatte der Teenager aus gutbetuchtem Hause nicht gerechnet. Normalerweise funktionierten die Einschüchterungsversuche des Halbstarken, dessen Vater man über die Grenzen Heßlinghausens hinaus als Deutschlands ersten Discountbestatter kannte. Er hatte es mit seinem Geschäftskonzept zu einem ansehnlichen Besitz gebracht. Das stattliche Anwesen der Familie Hellfeuer nannten die Heßlinghausener Southfork Ranch. Das gefiel dem gewieften Unternehmer, der mit slowenischen Leiharbeitern und Dumpinglöhnen auf seinen Profit kam. Dass sie ihn selbst nach dem Serien-Fiesling aus »Dallas« auf den Namen J.R. getauft hatten, ignorierte er. Friedemann hatte viel von seinem Erzeuger gelernt und stand seinem Vater an Selbstherrlichkeit in nichts nach. Ritter wollte sich von dem gescheitelten Schnösel nicht einschüchtern lassen, zugleich dachte er in den ablaufenden Unterrichtsminuten immer wieder daran, was eigentlich passieren könne. Er war ja noch in der Ausbildung, da war man besonders angreifbar.

Der Referendar arbeitete die Fragen der Schüler nacheinander ab und kam mehr und mehr ins Schwitzen. Kaum schien ein Ende in Sicht, gingen schon wieder Finger nach oben. Manche Schüler diskutierten miteinander. Ritter musste schnell entscheiden, ob es zum Thema gehörte oder nicht. Musste er intervenieren, oder ließ er die Diskussion laufen? Kleinere disziplinarische Probleme blieben auch in dieser Stunde nicht aus. So musste er das Schminken zweier Mädchen unterbinden. Die Prioritäten mancher Heranwachsenden lagen offenbar woanders als bei den Menschenrechten. Das traf auch auf Jannik Elikopter zu, den nach dem mütterlichen Gutachten Hochbegabten. Ritter entging nicht, dass er unter dem Tisch mit seinem Smartphone spielte. Egal, dachte er, nicht noch so einen Konflikt in dieser Stunde. So sah er es und sah schnell weg und schaute sich stattdessen in der Klasse um. Doch alle Fragen waren anscheinend abgearbeitet. In einer Ecke saß Katharina mit zwei Schülerinnen und einem Schüler zusammen. Eigentlich sollten sie zu zweit arbeiten. Musste er eingreifen und die Vierer-Diskussion unterbrechen? Hilfesuchend blickte er zu Mentor Meierhold und entschied sich, dorthin zu gehen und sich zu vergewissern, worüber die Teenager sprachen.

Bevor er irgendetwas hören konnte, stellte eine Schülerin schon eine Frage: »Herr Ritter, verstehe ich das richtig, zu den Menschenrechten zählen Meinungsfreiheit, Versammlungsfreiheit, Recht auf Leben und so weiter?«

»Ja, das sind Kernpunkte der einen Konzeption, das ist richtig«, antwortete Ritter.

»Aber was ist mit diesen Rechten aus der anderen Erklärung: Recht auf bezahlte Arbeit, auf soziale Sicherheit, auf Bildung und so weiter?«, fragte sie nach.

»Die gehören eigentlich zu einer anderen Konzeption, gelten aber auch als Menschenrechte«, erläuterte Ritter.

Katharina zog die Augenbrauen zusammen und meinte nach einigen Sekunden: »Das passt doch nicht. Als erstes brauche ich doch etwas zu essen.«

»Wieso denn das? Die Meinungsfreiheit ist doch genauso wichtig«, warf der neben ihr sitzende Mitschüler ein.

»Ja, sicher«, meinte Katharina, »aber wenn ich nichts zu

essen habe, dann nutzt mir meine Meinungsfreiheit oder mein Recht auf Privateigentum gar nichts.«

»Das Privateigentum ist doch wichtig. Ich will nicht, dass meine Eltern ihr Haus verlieren«, meinte eine Mitschülerin.

»Aber damit wird doch nur dein Besitz geschützt, das nützt denen, die nichts haben, gar nichts«, konterte Katharina.

Es entwickelte sich eine Diskussion, bei der Ritter gar nicht mehr gebraucht wurde. Er griff auch nicht ein, denn etwas Besseres, als dass die Schüler untereinander über das Thema diskutierten und sich mit dem Unterrichtsinhalt auseinandersetzten, konnte ja gar nicht passieren. Es ging hin und her, man stritt, wann deutsche Soldaten in den Krieg zu schicken seien, um für die Einhaltung der Menschenrechte zu kämpfen und vor allem: für welche Menschenrechte? Es wurde lauter, die anderen Mitschüler schauten zu der Vierergruppe. Ritter kniete vor dem Tisch und lauschte dem Disput. Einige Schüler standen auf und bewegten sich auf die Diskussionsrunde zu, wollten wissen, was dort los sei. Danach ging es recht schnell, innerhalb weniger Minuten hatten sich fast alle Schüler um diese Gruppe geschart. Als jemand fragte, ob die Deutschen etwa für »unsere Smartphones« Krieg führen sollten, kam sogar Hellfeuer dazu. Das Smartphone, das war der empfindlichste Punkt, an dem man die Schüler treffen konnte. Diese Smartphones waren nicht nur der Motor der Spaßgesellschaft, sondern auch das Hirn so manchen Schülers, das dann in Klassenarbeiten eingeschaltet wurde.

»Wenn es um unsere Interessen geht, dann müssen wir eingreifen. Und wenn jemand uns die Rohstoffe nicht mehr geben will, dann müssen wir dorthin«, meinte einer der Schüler.

Katharina war empört: »Für unsere Handys sollen Menschen sterben? Denn das heißt Krieg: Da sterben Menschen, falls das hier jemand vergessen haben sollte!«

»Ja, ein Smartphone zu haben, ist ein Menschenrecht«, rief Friedemann Hellfeuer von hinten in die Runde und blickte grinsend zu Michael Ritter.

GH 2020 nimmt seinen Lauf

Ritter eilte ins Lehrerzimmer, um nachzusehen, ob das Sekretariat ihm endlich die geforderte Schülerliste seiner Gruppe »Goethes Hochbegabte« in sein Fach gelegt hatte. In der nächsten Stunde sollte die erste Sitzung stattfinden. Ritter kannte weder die Namen, noch hatte er einen durchdachten Plan, was er mit den Schülern anstellen sollte. Erst mal kennenlernen, damit ist die erste Stunde meist rum.

Als er das Lehrerzimmer verlassen wollte, winkte ihn Schulleiter Seifert zu sich.

»Herr Ritter, gleich startet ja unser Projekt GH 2020. Ich habe da eine schöne Aufgabe für Sie als Experten und für unsere Begabten. Nächste Woche bekommt Heßlinghausen eine neue Imagekampagne. Die Bekanntmachung mit großer Presseaktion findet bei uns in der Aula statt. Die ganze Stadtprominenz wird da sein, Bürgermeister und so. Das ist für uns die Chance, GH 2020 gleich richtig bekannt zu machen und uns damit zu positionieren. Da dachte ich mir, die Schüler könnten doch etwas aufführen.«

Ritter war erschrocken. Was sollten sie?

»Ich kenne die Schüler doch noch gar nicht, sehe die gleich zum ersten Mal.«

»Das sind ja alles Hochbegabte, die lernen schnell.«

»Ich weiß nicht einmal, wie viele es sind. Das geht jetzt aber sehr Hals über Kopf.«

»Herr Ritter, bei Ihrem akademischen Hintergrund wird es doch eine Kleinigkeit sein, mit unseren Besten etwas Feines auf die Beine zu stellen.«

»Aber was? Was soll ich da machen?«, flehte Ritter fast schon um Erbarmen.

»Ich habe da volles Vertrauen in Sie. Sie werden mich nicht enttäuschen.« Seifert klopfte dem Referendar auf die

Schulter, nickte ihm noch einmal zu und begab sich eiligen Schrittes in sein Chefzimmer.

Ritter blieb hilflos auf dem Flur stehen. Was sollte er tun? Koffer packen und abreisen aus Heßlinghausen und aus dem Referendariat – das war seine erste Idee. Nein, erst mal die Schüler anschauen, und vielleicht lässt sich ja mit denen wirklich etwas machen. Wenn die alle hochbegabt sind …

Er war spät dran, vier Minuten nach dem Klingeln betrat Ritter den Raum der Hochbegabten. Zwei Schüler saßen da, vorne vor dem Pult ein Junge, ganz hinten ein Mädchen, beide vielleicht dreizehn Jahre alt.

»Sie sind zu spät«, zickte das Mädchen von hinten.

Na toll, dachte Ritter, das fängt ja gut an.

»Begrüßen wir uns doch erst einmal. Also Guten Morgen.«

Ein kaum verständliches »Guten Morgen« kam zurück.

»Ich freue mich, dass ihr hier seid, denn mit euch geht das Goethe-Gymnasium ganz neue Wege, wir wollen euch als unsere Hochbegabten stärker fördern.«

»Der ist doch gar nicht hochbegabt, hat nur einen Schnitt von 1,3«, sagte die kleine blonde Furie aus der letzten Reihe giftig.

»Nur weil Hiener dich mag, hat er dir die Eins in Mathe gegeben. Ich bin in Mathe viel besser als du«, konterte der Junge von vorne.

Ritter versuchte, die beiden zu besänftigen: »Ihr seid doch beide sehr gut. Hier geht es auch nicht darum, ob der eine besser als der andere ist, sondern wir wollen euch beide fördern. Vielleicht stellt ihr euch einmal kurz vor, dass wir uns hier alle kennenlernen.«

Alle kennenlernen war natürlich Unsinn, die beiden kannten sich offensichtlich, nur der Refereandar kannte sie nicht.

Keiner der beiden wollte anfangen. »Gut, dann fange ich an. Mein Name ist Michael Ritter, ich bin an dieser Schule Referendar und baue hier das Projekt GH 2020 auf, also die Hochbegabtenförderung.«

Die Tür ging auf. Ein Schüler kam rein, schaute aber nicht hoch, sondern nur auf sein Smartphone. Es war Jannik Elikopter. Was hat der hier verloren, fragte sich Ritter. Der Zehntklässer nahm an der Seite, direkt neben der Tür Platz.

»Jannik, wir stellen uns gerade vor, legst du dein Handy weg.«

»Ja«, sagte Jannik und spielte weiter.

Egal, dachte Ritter und bat den Jungen vor dem Pult, sich vorzustellen.

»Mein Name ist Martin Liedemann, ich bin dreizehn Jahre alt, gehe in die 7a. Ich habe einen Schnitt von 1,3«, sagte der Junge mit den lockigen Haaren, der Brille und dem blauen Pullover, der am Ärmel ein großes Loch hatte.

»Was ist da passiert?« Ritter zeigte auf den Ärmel.

»Ach nichts, ein kleiner Unfall in meinem Labor.«

»Amateur«, rief seine Mitschülerin von hinten.

»Du hast ein Labor?« Ritter konnte es nicht glauben.

»Selbstverständlich. Letztes Jahr war ich Bundessieger bei ›Jugend forscht‹. Ich stehe kurz vor dem Durchbruch. Algen sind der Energieträger der Zukunft. Ich stehe kurz vor dem Durchbruch.«

»Wer's glaubt«, schallte es aus der hinteren Reihe.

Ritter war erstaunt, er hatte so etwas noch nie gesehen. »Und du?«, fragte er nach hinten.

»Ich heiße Viola Rüdeke-Schulz. Meine Mutter ist Rechtsanwältin, meinem Vater gehört HC. Heßlinghausener Chemie, falls Sie das nicht kennen. Ich habe einen Schnitt von 1,1, aber nur weil die Siegmann mir keine Eins gegeben hat. Meine Eltern haben Widerspruch dagegen eingelegt, die Sache liegt beim Verwaltungsgericht. Meine Hobbys sind Chemie, Mathe, Physik, Biologie. Ich programmiere, habe auch etwas für die Telekom entwickelt. Ach ja, ich habe gerade mit dem Mundharmonikaspielen angefangen.«

Was hatte Wikipedia geschrieben, fragte sich Ritter: Hochbegabte seien keine Freaks?

»Jannik, stellst du dich einmal vor.«

Der Zehntklässler schaute tatsächlich von seinem elektronischen und vermutlich einzigen Freund auf: »Mein Name ist Jannik Elikopter, ich gehe in die zehnte Klasse, meine Mutter hat gesagt, ich soll hier hingehen. Ja, bei den letzten Tischtenniskreismeisterschaften bin ich Dritter geworden.«

Die Jüngeren starrten ihn mit offenem Mund an und spendeten von Ironie triefenden Beifall. »Respekt«, sagte Viola zu dem drei Jahre Älteren.

Einen halben Tischtennisspieler, eine naturwissenschaftliche Mundharmonikaanfängerin und eine Alge. Wenn das kein Dream-Team war? Ritter zuckte mit den Achseln.

»Herr Seifert hat einen Auftrag für uns. In der kommenden Woche wird bei uns die neue Imagekampagne für Heßlinghausen präsentiert, da kommen der Bürgermeister und viele andere bekannte Leute. Unsere Gruppe kann dort etwas präsentieren. Ich überlege nur gerade, was wir gemeinsam machen könnten.«

»Ich kann auf der Mundharmonika spielen, kein Problem«, sagte Viola.

»Aber du hast doch gerade erst angefangen.«

»Macht nichts, ist ja noch eine Woche hin.«

Musikprogramm, das ist vielleicht wirklich nicht ganz schlecht, dachte Ritter. »Und Ihr? Jannik spielt Tischtennis. Und Martin? Mit Algen wird das ja schwierig in der Aula.«

»Ich kann auch Tischtennis spielen. Mit dem kann ich eh mithalten.« Bescheidenheit war offensichtlich nicht die große Stärke des dreizehnjährigen Jungen.

»Ich hab's«, meldete sich Jannik zu Wort. Offensichtlich war er dem Gespräch tatsächlich gefolgt. »Wir beide spielen Tischtennis. So eine Art Schaukampf, zeigen ein paar Tricks. Das habe ich bei YouTube gesehen, sah krass aus. Timo Boll und irgendein Chinese. Das machen wir dann auch so. Und die da spielt dazu Mundharmonika.«

Zwei Schüler, die Tischtennis spielen und eine dazu auf der Mundharmonika. Das klang nicht nach einem ausgefeilten Konzept. Aber was hatte er für eine andere Wahl?

»Die Idee finde ich gut, aber haben wir noch eine Alternative?«, fragte er in die Runde.

»Ich muss jetzt los, das Labor ruft«, sagte Martin und stand schon an der Tür.

»Äh, stop, das soll nächste Woche schon stattfinden.«

»Ja, machen wir es so, die da spielen Tischtennis und ich Mundharmonika, das wird schon, ist ja nur der Bürgermeister«, ergänzte Viola, die dabei war, ihre Jacke anzuziehen.

»Okay.« Die Sache hier schien wirklich alternativlos zu sein. »Ich gebe euch über eure Klassenlehrer Bescheid, wann es genau stattfindet, und kümmere mich um die Tischtennisplatte und …«

Da waren sie schon weg, einfach gegangen. Keine Verabschiedung, einfach fort. Nur Jannik saß noch da, strahlte und meinte: »Ich bin dann Timo Boll.«

KALTER KRIEG

Eine Stundenbesprechung mit Meierhold war angesetzt. Ritter wartete auf seinen Mentor im Besprechungszimmer. Hier wurden üblicherweise alle Gespräche mit Schülern und Eltern und eben auch mit den Referendaren geführt. Der Raum hatte etwas Bedrückendes. Nur knappe acht Quadratmeter war er groß, an einer der einst weißen Wände hing ein Bild, vergilbt, in den Ecken konnte man mehrere Schimmelflecken erkennen. Für eine Renovierung sah man von Seiten der Stadt Heßlinghausen trotz mehrfacher Anmahnung des Schulleiters seit Jahren keinen Handlungsbedarf. »Da ist doch niemand wirklich lange drin. Wird schon keiner sterben«, hatte Bürgermeister Ölberg auf dem letzten Neujahrsempfang der Stadt nach dem siebten Glas Sekt dem Schulleiter die Begründung gegeben.

Natürliches Licht strömte nur durch einen viertel Quadratmeter Glasbausteine in den Raum, einer der Steine war durch ein winziges Fenster ersetzt worden. Mittendrin stand ein Tisch mit fünf Stühlen. Ritter schaute sich um. In dem einzigen Schrank hatte der Politik-Lehrer Schumacher seine Unterrichtsmaterialien gelagert, inklusive der Abiturprüfungen, unter denen sich die auf Matrize geschriebenen Prüfungsaufgaben befanden, in denen er die Schüler auch im Jahr 2015 noch danach fragte, was man unter Kolchosen zu verstehen habe. Denn Schumacher hatte in seinem zwischen 1974 und 1976 absolvierten Referendariat eine Unterrichtseinheit zum Thema »Vergleich von USA und Sowjetunion« entwickelt. Darin waren auch die Kolchosen, also die landwirtschaftlichen Großbetriebe in der Sowjetunion, ein zentrales Thema gewesen. Er setzte die alten Unterlagen Jahr für Jahr ein, als hätte es den Zusammenbruch des Ostblocks und den Fall der Mauer nie gegeben. Die Flexibilität

Schumachers reduzierte sich darauf, den »Vergleich von USA und Sowjetunion« seit dem Jahr 2000 in einen, wie er es nannte, »größeren Zusammenhang« zu stellen. Nun verglichen die Schüler in seinem Unterricht die beiden Systeme unter dem Semesterthema »Globalisierung«. In den Abiturprüfungen kam es dann bisweilen zu merkwürdigen Konstellationen. Während Schumacher und seine Schüler über die Bedeutung der Kolchosen in der modernen Welt sprachen, schauten die jüngeren Kollegen in der Prüfungskommission leicht beschämt auf den Boden, an die Decke oder sie spielten mit ihrem Kugelschreiber herum. Einige waren beschämt, weil sie die gesamte Prüfungssituation als absurd empfanden, andere wussten nicht, was Kolchosen waren.

In diesem Raum, durch den der Geist des Kalten Kriegs waberte, sollte nun also eine vertrauensvolle Gesprächsatmosphäre entstehen.

Meierhold trat ein und packte seine Aufzeichnungen sowie die Zeitschrift »DemokratieDidaktik Rostock« auf den Tisch. Wie immer wirkte er gehetzt. »Machen wir es kurz, ich habe nur ein paar Minuten«, sagte er. »Das hast du klasse gemacht. Bist dem Konflikt mit dem Schüler nicht aus dem Weg gegangen, auch wenn es schwierig war. Und du hast die Schüler zum Nachdenken gebracht. Sie haben die bestehenden Verhältnisse hinterfragt, eben auch unsere. Zudem hast du sehr gutes Unterrichtsmaterial verwendet.«

Meierhold ließ seine Hand auf die Fachzeitschrift fallen. Erst da fielen Ritter die drei großgeschriebenen Buchstaben auf.

Die Entscheidung naht

»Will man wissen, was für Lehrertypen an einer Schule tätig sind, muss man sich eine große Pause ins Lehrerzimmer setzen und nur beobachten«, hatte Meierhold einmal zu Michael Ritter gesagt.

Im Lehrerzimmer sah es aus wie in jeder Pause. Einige der Lehrer saßen auf ihren Stühlen und schauten gedankenleer geradeaus, andere führten Gespräche, über Privates, über Schüler, über mögliche Versetzungen an die Hauptschule. Zwei der Lehrkräfte standen vor dem Vertretungsplan und fluchten. Einige eilten hektisch von einem Platz zum anderen, trugen sich in die Liste für den Computerraum oder einen anderen Fachraum ein. Und manche versuchten, letzte Unterrichtsvorbereitungen in den kurzen fünfzehn Minuten zu erledigen.

Betrat Schulleiter Seifert das Lehrerzimmer und bat um Aufmerksamkeit, bekam er sie meist innerhalb einer halben Minute. An diesem Tag dauerte es jedoch nur zwei Sekunden, da jeder wusste, dass die Nachrichten gravierende Folgen haben könnten. Sollte das Ministerium möglicherweise schon entschieden haben?

»Liebe Kolleginnen und Kollegen, ich habe Nachrichten aus dem Ministerium«, begann Seifert. Man hätte eine Nadel auf den Boden fallen hören können. »Die Entscheidung naht. In einem Monat wird …« Seifert wurde durch das energische Klopfen an der Lehrerzimmertür unterbrochen. Alle blickten dorthin. Die Siegmann öffnete die Tür. Davor stand eine Fünftklässlerin und fragte, ob Herr Hiener zu sprechen sei. »Nein, und jetzt verschwinde!«, giftete Sieglinde Siegmann.

Seifert setzte noch einmal an: »In einem Monat wird eine Kommission aus dem Ministerium für zwei Tage zu uns an die Schule kommen, um im Unterricht zu hospitieren.

Dabei wollen sie bei jedem Kollegen in all seinen Fächern zuschauen, um sich einen angemessenen Überblick zu verschaffen. Anschließend wird die Entscheidung verkündet, wer unsere Schule verlassen muss.«

Hospitieren, dieses Wort empfanden die Lehrkräfte als Bedrohung ihrer Gesundheit, ja noch mehr, ihrer gesamten Existenz. Die Erinnerung an das eigene Referendariat ließ sie erschauern. Während sie sich bei Praktikanten und Referendaren, die darum baten, in ihrem Unterricht hospitieren zu dürfen, mit Ausreden aus der Affäre ziehen konnten, war ihnen klar, dass so etwas in diesem Fall nicht möglich sein würde. Nun waren sogar Lehrkräfte schockiert, von denen man es nicht erwartet hätte. Ritter beobachtete, wie die ansonsten nicht die Spur Unsicherheit ausstrahlende Sieglinde Siegmann nervös wurde. Nicht die Nachricht der Hospitation an sich versetzte sie in Unruhe, sondern vielmehr die Tatsache, dass die Delegation die Lehrkräfte in allen Fächern bewerten wollte. Seit zwanzig Jahren hatte sich Sieglinde Siegmann nicht mehr in einen normalen Klassenraum begeben. Wenn sie nicht gerade ihrer Filmarbeit auf dem Schulhof nachging, blieb sie einzig in ihrem Biologieraum. Bei ihr hatte sich über die Jahre eine fast schon panische Angst vor dem Unterricht in Klassenräumen jenseits der gewohnten Umgebung entwickelt. Jeder der Kollegen kannte die Geschichte, die sich an einem Montagmorgen drei Jahre zuvor ereignet hatte. Nach dem »Tag der offenen Tür« standen noch vier Tische in ihrem Biologieraum. Sie gehörten dort nicht hin. Auch wenn der Raum problemlos benutzbar gewesen wäre, weigerte sich Siegmann. Sie könne unter diesen Umständen keinen Unterricht geben. Selbst als der Schulleiter hinzugezogen wurde, beharrte sie auf ihrem Standpunkt und war schließlich nach Hause abgeschwirrt. Dem düpierten Seifert blieb nichts anderes übrig, als den Unterricht der Siegmann zu übernehmen. Wenn das Ministerium sich ankündigte, war aber nicht nur Seifert machtlos, sondern auch Siegmann.

Die Versammlung löste sich auf, und schon war die große Pause vorbei. Der Lehrkörper schwärmte aus. Hiener, Paulus und Ritter blieben zurück. Sie konnten den Tag entspannt angehen, denn sie mussten nicht in den Unterricht. Sie würden ihre Schüler im Praktikum besuchen, wo sie für zwei Wochen in den verschiedensten Betrieben der Region betriebswirtschaftliche Erfahrungen sammeln sollten.

Ritter als Referendar war auch bei der Praktikantenbetreuung einem Kollegen zugewiesen: Doktor Paulus. So könne er die nötigen Erfahrungen sammeln, um eines Tages selbst einmal in einen Betrieb zu gehen und Praktikanten zu besuchen, hatte es von Seiten der Schulleitung geheißen. Besonders wichtig war für die Schüler, Fragen für ihren Praktikumsbericht zu klären, den sie über die zwei Wochen in dem Betrieb schreiben sollten. Immerhin wurde dieser Bericht als Klausurersatzleistung bewertet, er war für die Schüler also durchaus von Bedeutung.

»Dann wollen wir mal schauen, was die Wirtschaft so zu bieten hat«, sagte Paulus und forderte damit den Referendar zum Aufbruch auf. Auf dem Lehrerparkplatz stand das Gefährt des Religionslehrers, ein A-Klasse-Modell von Mercedes.

Als erstes wollten sie »Heidmann-Sicherheit« ansteuern, die Sicherheitssysteme gegen Einbruch entwickelten und produzierten. Auf der Fahrt dorthin durchstand Ritter Ängste bisher unbekannten Ausmaßes. Paulus fuhr wie ein Neunzigjähriger, der besser vor zwei Jahrzehnten den Führerschein hätte abgeben sollen, das jedoch anscheinend vergessen hatte. Und Paulus erzählte wild gestikulierend von seinem großartigen Ruanda-Projekt. Dabei schaute immer wieder für nicht endende Sekunden den auf dem Beifahrersitz zitternden Ritter an. Ab und an unterbrach der Religionslehrer seine Berichte, indem er zur Hintergrundmusik mitsang. Offenbar war er ein großer Herbert-Grönemeyer-Fan. So hörte Ritter den Religionspädagogen selten schief mitsingen: »Mit Gott auf unserer Seite, Jesus in einem

Boot. Einer ging baden, doch wir warfen ihn noch rechtzeitig über Bord ...« Ritter blickte angespannt auf die Fahrbahn und wünschte sich, dass es Gott wirklich gäbe und er es gut mit jungen Referendaren wie ihm meinte. Er meinte es gut.

Bestimmt hundert Parkplätze konnte das mittelständische Unternehmen vorweisen, fast alle waren belegt, hier mitten im Industriegebiet der Kleinstadt Heßlinghausen. Es schien gut zu laufen. Das Gebäude war ein Betonbau aus den siebziger Jahren und von beeindruckender Größe. Vor dem Eingang wehte eine Fahne mit den Buchstaben »HS«. Als die beiden das Gebäude betraten, kamen sie direkt auf den Empfang zu. Hier saß eine Frau, vermutlich Ende vierzig. Hinter ihr sah man ein riesiges Plakat, auf dem ein Mann im Anzug und mit grauem Haar den Betrachter angrinste. Daneben war zu lesen: »Bei mir sind Sie in Sicherheit. Ihr Horst Heidmann.«

»Wir wollen zum Praktikanten«, vermeldete Paulus der Empfangsdame, die etwas erstaunt den Gast anblickte und antwortete: »Und wer sind Sie, wenn ich fragen darf?«

Paulus räusperte sich. »Dr.« Pause. »Paulus.« Pause. »Goethe-Gymnasium.« Pause. »Wir wollten unseren Schüler ...« Pause, in der der Religionslehrer in seinen Unterlagen blätterte, »Tim Schnellfeger besuchen.«

Hier sollte Ritter sich also Tricks und Kniffe von den erfahrenen Kollegen abschauen. Ihn überkam aber vielmehr ein Gefühl des Fremdschämens.

»Einen Moment bitte, Herr Doktor Paulus«, sagte die Dame professionell freundlich und griff zum Telefonhörer. »Herr Doktor Meyer wird gleich hier sein. Bitte nehmen Sie noch einen Moment Platz.«

Paulus und Ritter ließen sich auf einem Sofa nieder, das die Wartenden wohl verwöhnen sollte. Wenig später kam ein Mann, Ende dreißig, in dunkelblauem Anzug, weißes Hemd und Krawatte, die Haare exakt gescheitelt. Hinter ihm befand sich der Zwölftklässler Tim Schnellfeger, vor ihm der Duft seines leicht aggressiven Aftershaves.

»Herzlich willkommen bei Heidmann-Sicherheit, Meyer mein Name«, begrüßte der Abteilungsleiter zuerst Paulus.

»Ich grüße Sie, Kollege Doktor Meyer. Doktor Paulus mein Name.«

Meyer schaute ihn etwas verstört an. Kollegen waren sie nun sicher nicht. Meyer konnte ja nicht ahnen, dass sich der kollegiale Verbrüderungsversuch weniger auf die berufliche Tätigkeit als vielmehr auf die Promotionsbrüderschaft bezog. Doktoren unter sich, das gefiel Paulus.

Nachdem auch der Schüler und der Referendar in die Begrüßung einbezogen worden waren, marschierte man gemeinsam zum Büro des Abteilungsleiters. Paulus staunte. Großräumig, bestimmt dreißig Quadratmeter, ein imposanter Schreibtisch, zahlreiche Akten in den Regalen, die an drei von vier Wänden standen.

Meyer bot den Gästen und dem Schüler einen Platz in der Sitzecke für die Besprechungen an, als schon die freundliche Sekretärin hereinkam und fragte, ob jemand einen Kaffee, Cappuccino, Latte Macchiato oder etwas anderes trinken möchte.

»Latte Macchiato!«, drängelte sich Paulus vor. Auch die anderen bestellten. Wenig später standen die Heißgetränke auf dem Tisch.

»Sie sorgen also für unsere Sicherheit«, versuchte Paulus zu scherzen.

»Ja, Sicherheitssysteme entwickeln und produzieren wir. Da hat der Einbrecher keine Chance mehr.«

»Ist ja ein riesiger Markt. Wenn man schon daran denkt, dass jetzt all die Osteuropäer hier ins Land kommen. Da fühlt man sich ja nicht mal mehr in seinen eigenen vier Wänden sicher«, meinte Paulus politisch inkorrekt.

Meyer kommentierte es mit einem kurzen »Naja.«

»Wissen Sie, Kollege Doktor Meyer«, fuhr Paulus fort, »ich bin viel rumgekommen. In Ruanda zum Beispiel ...« Der Religionspädagoge begann seinen einstudierten Monolog. Nach knappen vier Minuten unterbrach ihn Meyer: »Gibt es jetzt hier noch etwas Wichtiges zu besprechen, ich müsste ansonsten weiterarbeiten.«

»Selbstverständlich, wir haben auch noch viel zu tun, ich weiß gar nicht, wie viele Termine heute noch anstehen, Klausuren korrigieren, Unterricht vorbereiten«, klagte Paulus, um dann doch noch den Schüler Schnellfeger einzubeziehen: »Hier läuft aber alles gut, das sieht man ja. Oder?«

Dem Schüler blieb kaum etwas anderes übrig, als artig zuzustimmen. Drei Minuten später hatten Paulus und Ritter das Gebäude verlassen.

»Michael, jetzt hast du gesehen, wie man das hier macht. Probleme gab es nicht, ein tolles Praktikum. Da wird Tom viel lernen.« Nach einer kurzen Pause fuhr Paulus fort: »Weißt du, ich habe heute noch viel zu tun, Klausuren aus dem zwölften Jahrgang, das dauert. Vielleicht wäre es gut, wenn du die anderen Besuche allein absolvierst. Ich denke, da lernst du am meisten.«

»Äh, okay«, meinte Ritter mehr fragend als zustimmend.

»Super, Michael. Auf dich kann man zählen. Ich werde beim Schulleiter ein gutes Wort für dich einlegen, das Examen kommt ja bald.« Paulus drückte Ritter eine Liste mit den Adressen der Betriebe in die Hand, klopfte ihm kurz auf die Schulter und schon war er entschwunden.

Ritter ging zur Straße. Keine Bushaltestelle war zu sehen, nicht einmal ein Auto. Oder doch! Ein Auto kam vom Heidmann-Parkplatz. Es war Paulus, der tatsächlich neben ihm hielt und die Fensterscheibe runterließ. »Und denk dran, Michael: Du repräsentierst unsere Schule, also immer professionell bleiben!« Paulus drehte die Musik laut und beide konnten Grönemeyer hören: »Mit Gott auf unserer Seite, Jesus in einem Boot ...« Paulus ließ aus dem Fenster seinen aufgestellten Daumen sehen, zwinkerte dem Referendar mit einem Auge zu und brauste los. Weg war er und Ritter blieb nur das Einatmen der Abgase.

PRAXIS UND PRAKTIKANTEN

Es hatte gut anderthalb Stunden gedauert, bis Michael Ritter im Logistikunternehmen Kaiser ankam. Fast dreißig Minuten hatte er allein zur nächsten Bushaltestelle gebraucht. Dann fing es noch an zu regnen. Wäre Paulus ihm in diesen Minuten begegnet, wäre der ansonsten doch zurückhaltende Referendar in Versuchung geraten, den Religionspädagogen direkt ins Jenseits zu befördern. Einziger Anlass zur Aufheiterung war ein Schrottplatz, an dem Ritter auf der Suche nach der Bushaltestelle vorbeikam. Dort hatte er eine riesige Statue von Karl Marx entdecken. So wurde die ostdeutsche Geschichte entsorgt, dachte er, auf einem westdeutschen Schrottplatz.

In dem Gebäude, in dem rund zwanzig Unternehmen ihren Sitz hatten, gab es keine Empfangsdame. Am Eingang fand sich lediglich der Hinweis auf den vierten Stock. Ritter ging die Treppen hoch und stand vor der Eingangstür zum Logistikunternehmen Kaiser. Er klingelte. Nichts. Er klingelte abermals. Ein Summen war zu hören.Er drückte gegen die Eisentür und stand in einem fensterlosen Flur, von dem geschätzt zehn Türen abgingen. Die erste öffnete er und trat in ein Büro mit gut zwanzig Arbeitsplätzen.

»Guten Tag«, sagte er freundlich, erntete aber keine Antwort. Die rund anderthalb Dutzend Mitarbeiter sprachen auch sonst nicht, schauten nur konzentriert auf ihren Bildschirm oder blätterten in Unterlagen.

Ritter startete den zweiten Versuch: »Guten Tag, ich komme vom Goethe-Gymnasium und wollte unseren Schüler besuchen.« Niemand regte sich.

Da half nur der Frontalangriff, Mann gegen Mann. »Entschuldigung, könnten Sie mir helfen?«, fragte Ritter einen Mitarbeiter.

»Was ist denn?«, polterte der Angestellte.

»Ich komme vom Goethe-Gymnasium und wollte unseren Praktikanten besuchen, Tobias Lange.«

»Der ist in der Kaffee-Küche, nächste Tür rechts.«

»Vielen Dank, ich finde schon den Weg.«

Tobias stand allein in der Kaffeeküche.

»Hallo Tobias, ich bin Michael Ritter und komme von der Schule, wollte mich erkundigen, wie es dir hier geht.«

»Sollte nicht Herr Paulus kommen?«

»Ja, aber der ist verhindert.«

»Bestimmt. Muss er sich um den Jesulog oder um Ruanda kümmern?«

Ritter ignorierte den sarkastischen Kommentar, auch wenn er seine eigene Wut auf Paulus noch steigerte. »Erzähl, wie läuft's?«

»Scheiße, sieht man doch. Entweder koche ich Kaffee oder muss den ganzen Tag am Kopierer stehen. Todlangweilig ist das. Das ist der absolute Scheißladen hier. Und dann kommt alle Nase lang einer vorbei und lästert über seine Kollegen. Ich kann das nicht mehr hören. Kaum zu glauben, dass der Laden noch nicht pleite ist.«

»Warum?«, fragte Ritter nach.

»Hier kann doch kein Mensch arbeiten. Wenn ich später in so einem Laden lande, dann bring ich mich um.«

»Das tut mir leid.« Ritter tat es wirklich leid. Der arme Teenager musste hier für zwei Wochen sein Dasein fristen.

»Tobias, das wird dann ja für dich auch schwierig, einen vernünftigen Praktikumsbericht zu schreiben, oder?«

»Ich hab hier ja noch fast nichts gesehen, und Zeit, mir mal was zu erklären, hat auch keiner. Was soll ich da denn schreiben?«

Ritter überlegte, was er tun könne. Zur Geschäftsleitung gehen und die Sache ansprechen? Die würden ihn vermutlich auslachen, schließlich sollte die Schule dankbar sein, dass sie den Schüler überhaupt genommen haben. Er konnte den Teenager aber nicht hängen lassen.

»Ich spreche mit der Geschäftsführung, Tobias. Vielleicht kann ich ja etwas erreichen. Weißt du, wo sich die befindet?«

Der Schüler war verwundert über den Einsatz seines Lehrers, zeigte ihm den Weg zum Büro von Herrn Kaiser, Chef des Unternehmens.

Ritter klopfte, hörte eine Frauenstimme, die ihn hereinbat. Er trat ein. Vor ihm saß eine hübsche Frau, vielleicht fünfundzwanzig Jahre alt, mit langen blonden Haaren.

»Hallooo«, sagte die junge Dame.

»Guten Tag, ich bin Michael Ritter vom Goethe-Gymnasium und bin wegen unseres Schülers Tobias Lange hier. Ich würde daher gerne Herrn Kaiser sprechen, wäre das möglich?«

»Möglich ist so einiges«, hauchte die junge Dame. »Ich schaue mal, was ich für Sie tun kann.« Sie erhob sich, glättete ihren schwarzen, kurzen Rock, ging hinein, kam nach einer halben Minute wieder raus und sagte zu Ritter: »Sie können gerne reingehen.«

Ritter versuchte, sich nicht irritieren zu lassen, auch wenn er spürte, wie sie ihm nachschaute. Bevor er sich noch einmal umdrehen konnte, um zu prüfen, ob sie ihm tatsächlich Blicke nachsandte, wurde er von einer tiefen und verrauchten Stimme aufgefordert: »Herr Ritter, kommen Sie rein!«

Es fiel ihm nicht leicht, den Mann hinter dem Schreibtisch zu erkennen. Alles war zugequalmt. Erst als er direkt vor ihm stand und ihm eine wurstige Hand gegeben wurde, sah er ihn. Kaiser war ein untersetzter Typ, sah aus wie siebzig, aber war vermutlich einige Jahre jünger.

Er bot Ritter eine seiner Menthol-Zigaretten an, die der Referendar dankend ablehnte und sich auf das Passivrauchen beschränkte.

Der Unternehmenschef lehnte sich zurück: »Sie wissen, was wir hier machen?«

»Spedition«, antwortete Ritter kurz.

»Ich sag mal: Im- und Export. Wir organisieren für alle alles. Exportieren alles, importieren alles.« Dabei betonte er

»alles« so, dass Ritter lieber nicht nachfragen wollte, was genau gemeint war. Er fand auch keine Gelegenheit dazu, denn der Kaiser hatte das Wort:

»Das läuft richtig gut, Herr Ritter. Aber wissen Sie, was das Wichtigste ist?«, fragte Kaiser, wollte aber keine Antwort hören, sondern vielmehr selbst geben: »Man muss so einen Laden gut führen, damit die Leute auch richtig arbeiten. Wissen Sie, wir sind ja nicht im öffentlichen Dienst, da kann man vielleicht eine ruhige Kugel schieben. Wir sind hier in der freien Wirtschaft, wir müssen uns am Markt bewähren. Da gibt's nur eins: Vollgas, oder du bist weg. Und wissen Sie was? Ich will keine Leute hier haben, die nichts leisten ...«

Der Monolog wollte nicht enden. Ritter nickte dem Chef zu, stellte aber innerlich auf den Stand-by-Modus, immer in der Bereitschaft, sein Anliegen vorzutragen, sobald sich die Möglichkeit ergeben sollte.

Aber das dauerte. Immer wieder feuerte Kaiser Schüsse in Richtung Beamtenschaft und vor allem gegen die Lehrer ab. Der Referendar hörte höflich zu und unterbrach ihn nicht. Nach einer Viertelstunde fragte Kaiser dann, ob er noch Fragen habe. Nun musste es raus.

»Unser Schüler, also Ihr Praktikant ...«, fing Ritter holperig seinen Satz an, »könnte man da vielleicht etwas machen? Dass er noch mehr Einblicke in die wirtschaftlichen Abläufe Ihres Unternehmens bekommt?«

»Was macht er denn jetzt?«

»Er kocht Kaffee. Es wäre doch gut, wenn man ihn mehr fordern könnte. Ich meine, Sie haben ja eindrucksvoll geschildert, wie wichtig es ist, dass man gute Mitarbeiter hat. Und er könnte natürlich Ihr Mitarbeiter von morgen sein. Könnten Sie hier als Chef da nicht ... vielleicht etwas ... anweisen ...?«

Kaiser lehnte sich zurück und steckte sich eine neue Zigarette an. »Herr Ritter, Sie sind ein guter Mann, nicht so ein typischer Lehrer. Das bekommen wir hin. Ich weise das gleich an.«

Kaiser begleitete Michael Ritter nach draußen. Kurz vor dem Verlassen des Gebäudes bekam der Referendar noch mit, dass sich der Chef tatsächlich der Sache annahm. Ritter war zufrieden. Der Preis fürs Zuhören war groß, aber er hatte für den Schüler etwas erreicht. Zu denken gab ihm, ob er wirklich kein typischer Lehrer sei. Aber wer war das eigentlich, ein typischer Lehrer? Gab es den überhaupt?

Ja, es gab Lehrer, die waren so, wie sich Kaiser sie vorstellte, dachte Ritter. Aber es gab auch andere, denen die Schüler wichtig waren, die für ihre Fächer brannten und die sich darüber freuten, die jungen Menschen ein Stück in ihrem Leben zu begleiten und ihnen etwas mit auf den Weg zu geben. Es war klar, den Lehrer an sich gab es nicht.

In den folgenden Tagen verflog die Wut auf Paulus. Ritter gewann Spaß an den Besuchen bei den Unternehmen. Einer der Schüler war in der benachbarten Metropole bei einer Plattenfirma untergekommen. Den Chef konnte er ohne nachzufragen gar nicht ausmachen, er hatte seinen Arbeitsplatz im Großraumbüro irgendwo mittendrin. Das gefiel Ritter. Ein anderer Schüler absolvierte sein Praktikum in einer Bank. Der Filialleiter erzählte Ritter, dass sein Mathelehrer ihn seinerzeit ausgelacht hatte, als er sagte, er wolle eine Banklehre machen. Dabei wisse doch jeder, dass es im Bankwesen kaum auf Mathematik ankomme, die Theater AG sei viel wichtiger für seinen Beruf gewesen als der Oberstufenunterricht in Mathe.

Ritter war sich nicht sicher, wie er das finden sollte.

ELTERNSPRECHTAG

Die Vorbereitungen für den Besuch der Ministeriumsdelegation liefen auf Hochtouren. Lediglich eine Woche verblieb noch. Die Nervosität war überall zu spüren. Erregte Gespräche liefen im Lehrerzimmer ab, man suchte Rat bei den Kollegen, wusste zugleich aber nicht, ob man dem Rat trauen sollte.

Manche schauten in eine der didaktischen Fachzeitschriften, die die Schule jeden Monat für teures Geld erwarb. Andere suchten diese Zeitschriften in der ganzen Schule, fanden sie aber nicht. Und wiederum andere wussten nicht einmal, dass ihre Fachschaft überhaupt eine Zeitschrift abonniert hatte, darunter auch einige Biolehrer. Nun konnte man ihnen das aber kaum vorwerfen, schließlich kam die Zeitschrift »Unterricht Biologie« zu Sieglinde Siegmann nach Hause. Fragte einmal jemand nach, warum die nicht an die Schuladresse gesandt wurde, sagte sie: »Da kommt die nur weg. Bei mir ist sie in sicheren Händen.«

Ähnlich sah es wohl Hartwig Langer, Obmann für das Fach Sport, mit der Turnhalle, in der manche Geräte in dem Zustand wie die Fachzeitschrift waren: exzellent. Angeblich konnte keine Sporthalle im ganzen Bundesland einen besseren Zustand vorweisen. Kein Wunder, wenn vieles gar nicht genutzt wurde, da der Sportobmann über den Gebrauch vieler Sachen ein Verbot verhängt hatte. Das führte so weit, dass nicht nur rund fünfzig Volleybälle noch originalverschweißt waren, sondern auch hundert Eimer mit jeweils hundertvierundvierzig Tischtennistrainingsbällen nicht einmal angerührt wurden. So lagen 14000 Tischtennisbälle seit rund zwanzig Jahren noch jungfräulich in den mit seinen Initialen verzierten Stahlschränken, zu denen nur er den Schlüssel hatte. Inzwischen hatte der Tischtennisverband die Ballgröße geändert, sodass man die 14 000 Zelluloid-Bälle eigentlich nur noch als unökologischen Kaminanzünder verwenden konnte.

Währenddessen erhielt Michael Ritter von seinem Studienleiter die Nachricht, dass seine Semesterlehrprobe ebenfalls in der Woche des ministeriellen Besuches stattfinden werde. Ritter war durchaus froh darüber. Nun fielen zumindest zwei dieser Vorführstunden zusammen, das ersparte ihm Zeit und Nerven. Denn natürlich glichen diese Lehrproben in keiner Weise dem Unterricht, wie er sonst stattfand.

»Das ist Theater, du bist der Regisseur, die Schüler die Schauspieler und die Prüfer sind die Zuschauer. Entweder gefällt ihnen die Vorstellung oder eben nicht«, hatte ihm Mentor Meierhold erklärt.

Vor den großen Theatertagen gab es nur noch eine letzte Hürde, den Elternsprechtag.

Einmal im Jahr hatten die Eltern die Möglichkeit, mit den Lehrkräften persönlich über die Probleme ihrer Kinder zu sprechen. Manche Lehrer gaben schon am ersten Elternabend ihre private Telefonnummer und ihre E-Mail-Adresse an die Eltern und ebenso am ersten Schultag an die Schüler. Andere lehnten das ab, befürchteten Belästigung von Schülern und verkannten dabei, dass die meisten Schüler gerade kein Interesse hatten, außerhalb der Unterrichtszeit mit Lehrern in Kontakt zu treten. Berechtigt war die Angst vielmehr vor den Eltern, denn die meinten, das private Lehrertelefon sei eine 24-Stunden-Hotline.

An den Elternsprechtagen fiel die fünfte und sechste Unterrichtsstunde aus. Paulus hatte einst den Antrag dafür in der Schulkonferenz gestellt und eine bemerkenswerte Argumentation dargelegt: Der Biorhythmus der Lehrer habe sich darauf eingestellt, dass sie mindestens eine zweistündige Mittagspause benötigten. Sollte die nicht gewährleistet sein, drohten Ausfallzeiten in den Folgetagen, da »mit mathematischer Sicherheit« mehrere Lehrer krank würden, selbst Burnout als Folgeerscheinung könne man nicht ausschließen.

Obwohl in der Schulkonferenz Lehrer, Eltern und Schüler zu jeweils gleichen Anteilen saßen und jede Gruppe ein Veto hätte einlegen können, sofern sie es schaffte, geschlossen abzustimmen, gelang all das nicht. Der Antrag kam durch. Die Eltern fürchteten wohl die prophezeiten Stundenausfälle, die Lehrer sahen ihre geheiligte Mittagsruhe gesichert und die Schüler ihre Freizeit erweitert.

Pünktlich um 14 Uhr ging es also los, eigentlich mit dem Beginn der achten Stunde.

Die Besucherfrequenz bei den einzelnen Lehrern war höchst unterschiedlich. Unterrichteten sie Fächer wie Mathe, Deutsch oder die Fremdsprachen, stieg die Zahl der angemeldeten Eltern deutlich an. Religion oder Philosophie hatten weniger Nachfrage. Wenn man Biologie unterrichtete und Sieglinde Siegmann hieß, dann hatte man am Elternsprechtag quasi frei, denn nicht nur Schüler, Lehrer und Schulleiter hatten vor ihr Angst, sondern auch die Eltern. Ein Erfolgsfaktor für möglichst wenig Gespräche waren auch gute Noten, denn dann sahen viele Eltern keine Notwendigkeit, beim Lehrer nachzufragen.

Michael Ritters erstes Gespräch durchbrach die Regel.
»Guten Tag, ich bin die Mutter von Sven.«

»Guten Tag, Frau Schlüter. Nehmen Sie Platz.«

In dem ansonsten menschenleeren Klassenraum bot Ritter der neununddreißigjährigen Mutter einen Platz an. Sie, selbst Lehrerin, nahm das Angebot dankend an und lächelte ihm zu.

»Was kann ich für Sie tun?«, fragte er.

»Ich wollte nur einmal sehen, wie Sie aussehen.«

Aha! Was sollte Ritter dazu sagen? Er überlegte, sofort das Gespräch mit den Worten zu beenden: Schön, das wissen Sie jetzt, ich wünsche noch ein schönes Leben.

Er tat es nicht, eröffnete den Smalltalk, man scherzte über dies und das und sprach sogar noch über die Leistungen des Zehntklässlers in Geschichte. Alles in Ordnung, die für jedes Gespräch vorgesehenen zehn Minuten waren vorüber. Frau

Schlüter schloss das Gespräch mit dem Urteil: »Ich habe einen guten Eindruck von Ihnen.«

Ritter fragte sich, warum Lehrer eigentlich immer alles bewerten müssen, selbst wenn sie als Eltern im Einsatz sind. Der nächste bitte!

Vor der Tür saß schon Frau Elikopter mit ihrem Sohn Jannik. Er erkannte sie sofort und musste an den Abend bei Adriano denken, als sie ihm von der Hochbegabung ihres Sohnes berichtet hatte. Vielleicht lag es ja an seinen fehlenden Diagnosekompetenzen, aber er konnte in den folgenden Wochen keinerlei Anzeichen für eine Hochbegabung feststellen. Vielmehr wirkte Jannik lethargisch, bisweilen sogar leicht debil. Die meisten Klassenkameraden lachten schon, wenn er einmal eine Frage stellte, denn meist war die Antwort exakt zehn Sekunden vor Janniks Frage besprochen worden. Auch beim Treffen von GH 2020 war er nicht sonderlich positiv aufgefallen.

Vor Ritter saßen nun dieser lümmelige, nach unten blickende und mittelstark verpickelte Junge sowie seine aufgestylte Mutter.

»Herr Ritter«, begann Frau Elikopter, »also Ihr Hochbegabtenprojekt GH 2020 ist wirklich großartig. Jannik hat mir so viel Tolles darüber berichtet. Endlich wird er ordentlich gefördert.«

»Das freut mich«, meinte Ritter, hatte aber erhebliche Zweifel, dass die Darstellung der Wahrheit entsprach. Jannik schien geistig abwesend zu sein.

»Noch eine andere Sache: Ich wollte einmal wissen, wie es bei Jannik in Geschichte ausschaut?«

Was sollte Ritter sagen? Wenn er Gnade vor Recht ergehen ließe, konnte er ihm eine Vier geben.

»Zurzeit sehe ich ihn im ausreichenden Bereich«, verlautbarte Ritter.

Frau Elikopter riss die Augen auf und die Augenbrauen nach oben. Die Frage nach den Gründen musste sie nicht aussprechen.

»Jannik beteiligt sich leider fast gar nicht am Unterricht.«

Die Mutter blickte ihren Sohn streng an, der jedoch weiterhin nur den Fußboden fixierte.

»Stimmt das?«, wollte sie von ihm wissen.

Jannik deutete so etwas wie ein Nicken an.

»Wie schätzt du denn deine Leistungen ein?«, fragte Ritter und versuchte, den Teenager in das Gespräch einzubeziehen.

»Weiß nicht.«

»Woran liegt es, gefällt dir der Unterricht nicht?«

»Weiß nicht.«

»Möchtest du nach dem Schuljahr lieber nicht mehr zur Schule gehen?«

»Weiß nicht.«

»Wo siehst du dich denn in einem Jahr?«

»Weiß nicht.«

»Was magst du denn gerne?«

»Weiß nicht.«

»Wirklich? Du musst doch etwas mögen?«

»Tischtennis.«

»Prima. Und sonst noch etwas?«

»Call of duty.«

»Was magst du?«, Frau Elikopter wirkte etwas verstört.

»Das verstehst du nicht. Ist 'n Computerspiel.«

Es war eines dieser von Sechzehnjährigen geliebten Egoshooter-Spiele, bei dem der Spieler in die Rolle eines Soldaten schlüpft, um möglichst viele andere Soldaten zu töten. Was sollte Ritter tun? Wenn dieser Pickel-Fred irgendwann Amok liefe, würde man fragen: Und Herr Ritter, Sie wussten doch von seinen Problemen, warum haben Sie nichts dagegen getan?

Ritter hakte noch einmal an: »Wie lange am Tag spielst du denn Call of duty?«

»Weiß nicht.«

»Ungefähr?«

»Weiß nicht.«

»Wenn du nach Hause kommst, was machst du dann?«

»Essen.«

»Und dann?«

»Call of duty.«

»Und dann?«

»Call of duty.«

»Und dann?«

»Schlafen gehen.«

»Das ist aber ganz schön viel Call of duty, oder?«

»Hmmm, vielleicht.«

»Ich denke, das ist zu viel, es wäre wohl gut, wenn Sie einmal die örtliche Suchtberatung aufsuchen, die könnten da vielleicht helfen.«

Frau Elikopter blickte den Referendar voller Empörung an. Ahnte sie wirklich nicht, was ihr hochbegabtes Kind nach der Schule so trieb? Sie versuchte zu retten, was zu retten ist.

»Wir nehmen gerne Ihren Fachrat an, da müssen wir etwas tun. Aber wissen Sie, er ist ja hochbegabt. Diese Kinder haben es einfach schwerer. Könnte er in diesem Schuljahr noch auf eine Drei in Geschichte kommen?«

Einen Klassenraum weiter hatte Meierhold einen schwierigen Fall vor sich. Die Mutter von Thomas Fromm aus der neunten Klasse saß vor ihm, die Frau des örtlichen Zahnarztes. Seit der fünften Klasse hatten verschiedene Lehrkräfte, allen voran Meierhold, mit dem Kind, der Mutter und beiden gemeinsam Dutzende Telefonate geführt und mehrere Hundert E-Mails gewechselt. Nichts fruchtete, der Junge stand einfach neben der Schulspur.

Während er sich in den letzten Jahren noch immer ins nächste Schuljahr schleppte, drohte er nun sitzenzubleiben. Das schulische Chaos konnte kaum verwundern, wenn man die häusliche Situation kannte. Die Eltern lagen im Dauerstreit – sie bewarf ihn mit dem Porzellan, das er von seiner Großmutter geerbt hatte, er ging mit seinem Zahnarztbesteck auf sie los. Er zog aus, er zog wieder ein, wieder aus, wieder ein. Mittendrin Thomas.

Die Lehrer ahnten nur, was zu Hause vor sich ging, hatten aber keine Gewissheit darüber. Dennoch versuchten sie, hier anzusetzen, rieten dazu, einen außerschulischen Beratungsträger, der auf solche Fälle spezialisiert war, hinzuzuziehen. Es wurde abgelehnt. Die Eheleute waren darauf erpicht, die schöne Fassade aufrechtzuerhalten und nichts von ihren Problemen nach außen dringen zu lassen. Schließlich war der Vater ein angesehener Mann in Heßlinghausen, nicht nur als Zahnarzt, sondern auch als Kommunalpolitiker.

Als Meierhold der Mutter nun die aktuelle Situation erläuterte und ihr klarmachte, dass es um die Versetzung ihres Sohnes schlecht bestellt sei, ging sie zur Gegenoffensive über: »Ich finde das wirklich unmöglich, wie man ein Kind so hängenlassen kann. Man muss ihn doch fördern. Und es steht auch im Schulprogramm, dass diese Schule die Schüler fördern will, die Schwierigkeiten in einigen Fächern haben. Aber nichts. Nichts tun Sie.« Sie redete und redete und erregte sich immer mehr. Meierhold hörte ihr geduldig zu. Sie gab ihm auch keine Chance, zu Wort zu kommen.

»Das ist wieder typisch Goethe-Gymnasium. Man liest ja auch nur schlechte Sachen in der Zeitung. Wirklich keinerlei Unterstützung bekommt man hier. Dabei machen wir zu Hause alles, was möglich ist.«

Und noch einen Klassenraum weiter saß Jakob Hiener. Er hatte sich nur äußerlich von dem Medieneklat erholt, tatsächlich war er nicht nur mental, sondern auch körperlich angeschlagen. Er schlief schlecht und war ständig übermüdet. Auch an diesem Elternsprechtag, befürchtete er, würde er Proteststürme von Eltern, die sich wegen seiner politisch inkorrekten Äußerungen echauffierten, über sich ergehen lassen müssen. Dazu kam es aber nicht, niemand beschwerte sich. Zumindest nicht über die Berichterstattung im Heßlinghausener Tageblatt.

Ein Elternpaar mit einem kleinen blonden Jungen stand vor seiner Tür.

»Horter, guten Tag. Wir wollten mal fragen, wie es um unseren Lukas aus der 7c steht«, fragte der Vater, strahlte seine Frau an und streichelte dem etwas verschüchterten Siebtklässler über den Kopf.

Hiener war gewohnt konsequent: »Das sieht nicht gut aus. Ich fürchte, er wird das Klassenziel nicht erreichen. Da ist ja gar kein Land in Sicht, der Junge ist maßlos überfordert.«

»Wie bitte?«, fragte die Mutter überrascht.

»Sehen Sie, wir sind ein Gymnasium, da wird Leistung verlangt, von Jahr zu Jahr mehr. Aber hier scheint schon in der siebten Klasse das Ende der Fahnenstange erreicht zu sein.«

Dem Jungen stiegen die Tränen in die Augen.

»Aber, es läuft doch ganz gut, gerade in Mathe«, Luhas' Mutter konnte es nicht glauben, »er hat doch aber letztens eine Eins in Mathe geschrieben.«

»In einem kurzen Test vielleicht. Auch im Unterricht ist er immer unkonzentriert, nie bei der Sache. Spricht man ihn direkt an, dann weiß er oft gar nicht, worum es eigentlich geht, worüber gesprochen wird. Er sollte vielleicht auch nicht in der letzten Reihe sitzen, das fördert nicht sonderlich die Aufmerksamkeit.«

»Letzte Reihe?«, fragte Lukas. »Ich sitze ganz vorne.«

Hiener schoss das Adrenalin bis in die letzten Winkel seines angeschlagenen Körpers. Hellwach holte er seinen Lehrerkalender mit den Notenübersichten aus seiner Tasche und stammelte: »Lukas ähm Horter«. Auf Seite 81 fand er die Noten der Klasse 7c und dort stand mit seiner eigenen Handschrift geschrieben: »Horter, Lukas, Klassenarbeit Nr. 1: 2 +, Klassenarbeit Nr. 2: 1-, Klassenarbeit Nr. 3: 1«.

Hiener blieb nichts anderes als der Rückzug übrig: »Es tut mir leid, ich bin da ganz durcheinander gekommen. Hier habe ich es, Lukas, das sieht wirklich sehr gut aus, ich denke, du wirst die Eins in diesem Halbjahr schaffen.«

Während sich auf Lukas' Gesicht ein Ansatz von Lächeln ausbreitete, schüttelte das Ehepaar Horter den Kopf.

»Ich sage Ihnen eines, Herr Hiener«, drohte Vater Horter und ballte seine Faust in Richtung Oberstudienrat, »das wird nicht ohne Folge bleiben. Ich werde mich beschweren, und zwar ganz oben, direkt im Ministerium. Noch heute! So etwas kann man doch nicht auf Kinder loslassen.«

DAS SPIEL

Auf dem Schulhof sah es anders als üblich aus. Während ansonsten Kinder und Jugendliche ihre Pausen hier verbrachten, parkten nun zahlreiche Autos. Direkt neben dem Eingang war es besonders voll, niemand wollte unnötige Meter zurücklegen. Ein Porsche drängelte sich dennoch nach ganz vorne – das Kennzeichen wies seine Herkunft aus der Metropole aus – und fand tatsächlich eine Lücke direkt neben dem Eingang. Dadurch ging die Schultür zwar nicht mehr ganz auf, was einige Probleme für Rollstuhlfahrer nach sich gezogen hätte, aber die gab es am Goethe-Gymnasium nicht. Das wusste zwar der Porsche-Fahrer nicht, es hätte für ihn aber auch keine Rolle gespielt.

Der Fahrer stieg aus. Mitte dreißig, Hipster-Taliban-Bart, leger gekleidet. Auf der Beifahrerseite stieg ein zweiter, ungefähr gleichaltriger Mann aus, der einen ähnlich Schlabberpulli und Turnschuhen wie sein Partner trug. Beide folgten den anderen Menschen, die anscheinend das Ziel kannten.

Im Treppenhaus staute sich die Menge. Ritter hatte sich bemüht, den Hausmeister dazu zu bewegen, eine Tischtennisplatte in die Aula zu tragen. Zwar hatte der es zugesagt, aber eine Zusage galt bei ihm so viel wie keine. Als Ritter sah, dass das Sportgerät in der Aula fehlte, bekam er Panik. Hektisch lief er in der ganzen Schule umher, um den Hausmeister zu finden. Nichts, der war verschwunden. Er schnappte sich die beiden Jungs aus dem Team GH 2020. Nun versuchte er mit einem Dreizehnjährigen und einem Zehntklässler die schwere Tischtennisplatte von der Sporthalle in die Aula zu bugsieren. Viola blieb in der Aula, sie müsse sich auf das Mundharmonikaspiel vorbereiten, sagte sie.

Aus dem Personenstau hinter ihnen kam niemand auf die Idee, Hilfe anzubieten. Die Gaffer bestaunten vielmehr das merkwürdige Spektakel. Mehrere Väter holten ihr Handy raus und filmten die ächzenden Plattenträger. »Geht das nicht mal ein bisschen schneller«, beschwerte sich einer der beiden Großstädter von hinten.

Irgendwann war die letzte Stufe erklommen. Nun konnte die Tischtennisplatte geschoben werden, sogar hinauf auf die Bühne, den Gehbehinderten sei Dank.

Ritter hatte sich extra ein weißes Hemd angezogen, das aber nun einem Handtuch glich, das gerade aus der Waschmaschine kam. Viola schien ihre Mundharmonika zu testen. Zumindest würde das wohl klappen, dachte Ritter.

Links auf der Bühne befand sich das Rednerpult, in der Mitte offensichtlich eine Tafel, bedeckt mit einem roten Vorhang. Ritter delegierte die Schüler mit der Tischtennisplatte auf die rechte Bühnenseite. Dort passte sie genau hin, dahinter jeweils ungefähr ein Meter Platz.

Die beiden Schüler bauten die Platte auf und spannten das Netz. »Das sieht gut aus«, lobte Ritter sie.

Die Schüler zogen ihre Trainingsanzüge aus. Martin mit seinen Streichholzbeinen, Jannik ein ähnliches Exemplar, nur einen halben Meter größer. Tischtennis spielen auch nur die, die zu schmächtig für Fußball sind, ging es Ritter durch den Kopf. Die Jungen packten ihre Schläger aus, Jannik riss die Beläge von seinem.

»Was machst du da? Damit sollst du spielen?«

»Herr Ritter, ich klebe mit tschechischem Fahrradkleber frisch, dann ist der Schläger schneller«, meinte der Halbfinalist der Kreismeisterschaften und holte eine Klebedose aus seiner Tasche. Mit flinken Griffen klebte er den gerade abgezogenen Belag wieder an.

Schon das kam Ritter merkwürdig vor. Noch viel mehr erstaunte ihn aber, dass Jannik offensichtlich an der Klebstoffdose zu inhalieren begann. Ritter schwankte zwischen Empörung, dem Pflichtgefühl zu intervenieren und der Frage, ob er auch einmal die Dose haben dürfe. Das würde ihn vielleicht etwas ruhiger machen. Die Entscheidung wurde ihm abgenommen, als Jannik dem Dreizehnjährigen die Dose anbot.

»So, nun ist aber mal gut, pack das weg«, sagte Ritter leise, aber bestimmt zu dem angeblich Hochbegabten.

»Ich muss den aber noch zu Ende kleben«, meinte Jannik.

»Du packst das weg, Schluss jetzt.« Ritter wurde aggressiv, und der Schüler spurte.

Seifert rückte an: »Herr Ritter, ich wusste, ich kann mich auf Sie verlassen. Das sieht doch gut aus. Gleich geht es los.«

Über Ritters Gesicht flog ein gequältes Lächeln. Als er zu den drei Schülern blickte, verflüchtigte sich der eh kaum vorhandene Optimismus weiter. Mundharmonika und Tischtennis, was für eine Fehlkomposition, dachte er. Der Blick in die inzwischen fast vollständig gefüllte Aula stimmte ihn nicht froher. Mehrere Lehrer hatte er schon erkannt. Die Plätze in der ersten Reihe waren zum größten Teil noch frei, nur die beiden porschefahrenden Großstädter saßen dort.

Seifert wartete. Dann kam der Mann, der der Bürgermeister sein musste. Er möchte um die Siebzig ein und trug sein weißes, etwas schütteres Haar von ganz links nach rechts rübergekämmt; so täuschte die Kopfbedeckung perfekt. Er trug eine dunkelblaue Brille mit harten Ecken, ein weißes Hemd und dunkelgrauen Anzug, in dessen obere Tasche sorgfältig ein blaues Seidentuch gesteckt war. Aber die Krawatte, was war das? Verschiedenste Farben und Muster durcheinander: gelb, rosa, grün, blau – es wirkte wie ein Kunstwerk, das Jannik Elikopter malte, wenn er einen Abend an seinem tschechischem Kleber geschnüffelt hatte.

Seifert begrüßte den Herrn Bürgermeister herzlich und bat ihn, in der ersten Reihe Platz zu nehmen. Dann ging auf die Bühne und deutete Ritter an, dass er und seine Schüler sich am Rand platzieren sollten.

»Meine sehr verehrten Damen und Herren, geschätzter Herr Bürgermeister, ich freue mich sehr, Sie alle hier in der Aula unseres altehrwürdigen Goethe-Gymnasiums begrüßen zu dürfen. Unsere Schule steht hier nicht im Mittelpunkt, sondern die neue Kampagne, die unsere schöne Stadt Heßlinghausen weiter nach vorne bringen wird. Wir als Goethe-Gymnasium sind stolz, dass wir hier Gastgeber sein dürfen und unseren kleinen, bescheidenen Beitrag zu dieser Feier leisten können.

Heute wird nach den Grußworten unseres geschätzten Bürgermeisters Ölberg unser neues Projekt eine kleine Vorstellung haben. Unser Herr Ritter hat als angesehener Hochbegabtenforscher ein neues Programm auf die Beine gestellt: Goethes Hochbegabte 2020, kurz GH 2020. Es ist der Beginn, unsere Schule zu einem Kompetenzzentrum für Hochbegabte auszubauen. Dafür brauchen wir jede einzelne Lehrkraft. Daher sei auch die kurze Anmerkung erlaubt: Machen Sie sich alle stark dafür, dass unsere Schule keine Lehrkraft verliert. GH 2020 und das in wenigen Minuten bekannte Imageprogramm unserer Stadt, beides geht Hand in Hand. Unser Goethe-Gymnasium gehört zu Heßlinghausen, und Heßlinghausen gehört zum Goethe-Gymnasium. Untrennbar vereint.

Nun will ich sie nicht länger aufhalten, da ich weiß, dass Sie gespannt sind auf die Kampagne, auf unseren kleinen Beitrag von GH 2020 und vor allem auf die Rede unseres Bürgermeisters Karl-Heinz Ölberg, den wir nun alle mit einem herzlichen Applaus begrüßen wollen.«

Durch die Aula ging lautstarkes Klatschen, dazu erklangen Bravo-Rufe, insbesondere als Ölberg die Bühne betrat. Seit knapp fünfzig Jahren war er Heßlinghausens Bürgermeister und seit dreißig Jahren traute sich niemand mehr, gegen ihn anzutreten. Er war nicht nur ein Mann, der mit großer Energie Bauvorhaben durchsetzte, so die hässliche Sporthalle des Goethe-Gymnasiums, sondern auch einer, der gnadenlos gegen alle politischen Gegner vorging. Als in den achtziger Jahren eine Frau gegen ihn antreten wollte, lancierte er der Presse, dass sie eine Affäre mit dem örtlichen Pastor hatte.

Als er die Bühne unter Beifall betrat, hielt er die Hände über seinem Kopf zusammen, Siegerpose vom Kleinstadtführer.

Am Rednerpult wies er das Publikum an, zur Ruhe zu kommen. Man gehorchte.

»Liebe Bürgerinnen und Bürger, meine lieben Heßlinghausener, ich freue mich, hier sein zu dürfen. Es ist ein großer Tag für Heßlinghausen. Heute veröffentlichen wir unsere Imagekampagne. Die bekannte Agentur Faud und Partner hat für uns diese Kampagne entwickelt. Wir haben dabei keine Kosten gescheut, und ich sage das hier ganz öffentlich, da der Name Karl-Heinz Ölberg für Transparenz und Demokratie steht. 150 000 Euro haben wir in die Hand genommen, da wir davon überzeugt sind, dass diese Kampagne uns weiter nach vorne bringen wird. Sie werden stolzer denn je auf Ihr Heßlinghausen sein.

Und ich danke Herrn Seifert, dass wir hier in unserem Goethe-Gymnasium sein dürfen, diese Schule mit der großen Geschichte, dieser Ort der Innovation. Dazu passt es, dass Herr Seifert wieder einmal die besten Leute hierher geholt hat. Herr Professor Ritter als international anerkannter Hochbegabtenforscher entwickelt das Goethe-Gymnasium zu einem Hochbegabtenkompetenzzentrum. Schauen wir, was seine Truppe zu bieten hat. Applaus für Professor Ritter und seine Schüler.«

Ritter wäre am liebsten im Boden versunken, es war fürchterlich. Hoch gereizt und auf der Hand das denkbar schlechteste Blatt. Es gab aber kein Zurück, er dirigierte das GH 2020-Team auf die Bühne.

Die beiden Jungs stellten sich an der Platte auf, in der Mitte dahinter Viola. Sie führte die Mundharmonika zum Mund, Ritter nickte ihr zu, woraufhin sie leicht die Augenbrauen nach oben zog. Er schaute ins Auditorium, alle warteten gespannt, die Lehrerschaft schien tatsächlich vollständig da zu sein. Er erblickte Meierhold, der ein aufmunterndes Lächeln über sein Gesicht gleiten ließ.

Dann begann Viola zu spielen, schaute zu Ritter. Und sie konnte spielen! Und Ritter kannte die Melodie. Und sie schaute noch immer zu ihm. Und Ritter erinnerte sich. Sie kommt aus einem Western. Spiel mir das Lied vom Tod. Und Viola schaute ihn noch immer an.

Martin begann mit einem Konteraufschlag, Jannik konterte zurück. Violoa spielte weiter, der Ball flog hin und her. Das sieht gut aus, dachte Ritter und sandte einen Blick zur Kontrolle ins Publikum. Dort schien man es ähnlich zu sehen. Jannik machte Druck, der Ball flog schneller, der kleine Martin wurde zurückgedrängt, näherte sich Zentimeter um Zentimeter dem Bühnenende. Ritter war in Sorge, der Dreizehnjährige würde gleich herunterfallen,und bewegte sich zur Bühne. Er war kurz davor, den Ball zu stoppen. Tempovorstoß von Jannik, der Ballwechsel schien nicht enden zu wollen. Martins linker Fuß ging in die Luft, über den Rand der Bühne hinaus. Ritter fühlte sich, als würde er aus einem Fenster hängen, nur gehalten von der Hand eines Dreizehnjährigen. Martin schien mit dem linken Fuß nach Untergrund zu suchen, Jannik spielte die Bälle noch härter, dazu das Endzeitgewimmer aus der Mundharmonika. Dann, Ritter konnte es nicht glauben, sprang der Dreizehnjährige von der Bühne und spielte von unten weiter. Ballabwehr. Erstes Applaudieren. Jannik schmetterte drauf, der kleine Martin war für die meisten gar nicht mehr zu sehen, aus dem Nichts schienen die Bälle auf die Bühne zurückzufliegen. Dann flog ein Abwehrball sehr hoch zurück, Jannik holte aus, es schien der finale Todesschuss zu werden. Und er schmetterte mit all der Kraft eines Sechzehnjährigen den Ball auf die andere Seite. Martin schaffte es tatsächlich, den Ball zurückzuschießen. Er flog Richtung Platte und landete am äußersten Rand. Jannik versuchte, den Ball mit der Rückhand zurückzuspielen, holte aus und schlug am Ball vorbei. Nun flog nicht der Ball wieder fort von ihm, sondern sein frischangeklebter Belag von seinem Schläger weg. Und landete direkt auf der Krawatte von Ölberg.

»Ja«, schrie Martin.

»Der war nicht dran«, schrie Jannik zurück.

»Türlich war der dran, mein Punkt.«

Im Saal war es still, nur die Leute in den ersten Reihen reckten sich, um einen Blick auf Ölberg werfen zu können. Der schaute mit weit aufgerissenen Augen zu Ritter, drehte sich dann zum Publikum um, nahm den Belag und hielt ihn in die Höhe. Und lachte. Und alle lachten erleichtert. Das Gekeife der Schüler ging im Applaus unter.

Jetzt begaben sich Ölberg sowie die beiden Werbetypen von Faud und Partner auf die Bühne. Auf die noch immer zankenden Schüler achtete niemand mehr.

Ölberg nahm das Mikrofon. »Vielen Dank an Professor Ritter und seine Schüler. Man sieht, wie er sie motivieren kann, solche Leute brauchen wir. Noch einmal einen großen Applaus für GH 2020.«

Die Menge klatschte, während Ritter je einen der Jungs an der Hand hielt, besser gesagt ihre Hände mit Kraftaufwand nach unten drücken musste und extrem breitbeinig dort stand, damit sie nicht übereinander herfallen konnten. Erst der noch immer anhaltende Applaus schien sie nach einigen Sekunden etwas zu beruhigen.

»Ich möchte nun noch einmal Herrn Faud bitten, etwas zu der Kampagne zu sagen, die wir in wenigen Minuten hier bekanntgeben werden.«

Ölberg gab dem Großstädter mit dem Hipster-Taliban-Bart das Mikrofon.

»Ja, hallo. Wir sind von Faud und Partner und haben lange überlegt, welcher Slogan zu dieser Stadt passen würde. Wir sind durch Heßlinghausen gefahren, haben viele Gespräche geführt und nach Besonderheiten gesucht. Haben aber nichts gefunden. Das war dann für uns der Anfang der Idee. Am Ende sieht alles immer einfach aus, der Prozess dahin ist aufwändig, die zündende Idee kommt nicht aus dem Nichts. Und das war hier nicht einfach.« Faud grinste dabei, sodass sich Ritter fragte, ob der drogenfrei hier am Start sei.

»Ich bin überzeugt«, fuhr Faud fort, »dass Ihnen der neue Werbeslogan, der Leitspruch von Heßlinghausen gefallen wird.«

Er gab Ölberg und seinem Quasi-Zwilling ein Zeichen, sie zogen den roten Vorhang weg, Faud riss die Arme hoch und zeigte auf den Slogan.

»Heßlinghausen. Hauptstadt der Normalität«.

Ein Raunen ging durch die Aula, dann begann Ölberg begann zu klatschen und alle anderen fielen ein.

Ritter traute seinen Augen nicht. Hauptstadt der Normalität?

Die beiden Marketingfuzzies lachten laut, Ritter fragte sich, worüber. Er hielt es nicht für möglich, dass sie das ernst meinten. Wahrscheinlich hatten die sich zugekokst. Wer wollte denn normal sein? Und dafür hatte die Stadt 150 000 Euro ausgegeben?

Die ersten Bravo-Rufe erklangen. Einige standen auf und applaudierten frenetisch. Bald stand der ganze Saal.

Ritter hatte die Hochbegabten losgelassen, auch sie klatschten.

Nach Seiferts Ansage, dass nun das kalte Buffet im Flur eröffnet sei, griffen die Heßlinghausener schnell nach ihren Jacken und eilten hinaus, um an die besten Schnittchen zu kommen. An der Aulatür war es dabei zu kleinen Rangeleien gekommen, niemand wollte den anderen vorlassen. Buffet ist Krieg.

Als Ritter seinen Teller gefüllt hatte, fand er nur Platz an einem Stehtisch. Paulus, Siegmann und zwei andere Kollegen standen schon dort.

»Was für ein toller Slogan«, eröffnet Paulus.

»Hauptstadt der Normalität, das kann nun wirklich keine andere Stadt in Deutschland von sich behaupten«, ergänzte Siegmann, »und wir sind ab heute Hauptstädter.«

»Normalität hat doch irgendwie etwas Beruhigendes und es gibt einem Halt«, sagte die Lehrerin, deren Namen Ritter immer noch nicht kannte.

»Ja, das stimmt, es ist so wunderbar, normal zu sein«, meinte Sportlehrer Hartwig Langer. Ritter erstaunten diese Aussagen, er wusste nicht, ob er mehr darüber wissen wollte, entschied sich aber, zu fragen: »Was ist für Sie denn Normalität?«

»Eine Doppelhaushälfte«, sagte die Lehrerin.

Langer führte den Gedanken weiter: »Ein kleiner Garten dazu, nicht zu groß, nicht zu klein, sondern so wie bei den anderen Doppelhaushälften im Neubaugebiet. Das ist bei uns ja so, alle Häuser und Garten haben genau die gleiche Größe.«

Sie: »Bei uns auch. Und gut gepflegte Blumenbeete gehören dazu.«

Er: »Und Rasen. Nicht zu viel, nicht zu wenig.«

Sie: »Und dann nie mehr dort wegziehen.«

Er: »Immer in Heßlinghausen. Ein Leben lang.«

Sie: »Ich finde manche junge Kollegen merkwürdig, die waren im Ausland.«

Er: »An unsere Schule passen die nicht mit ihren unsteten Lebensläufen.«

Sie: »Und einen Beruf finden, ist wichtig.«

Er: »Und den das ganze Leben lang ausüben.«

Sie: »Obwohl unser Beruf nicht so interessant ist.«

Er: »Stimmt, die Schüler nerven manchmal schon sehr.«

Sie: »Richtig interessant finde ich meine Fächer auch nicht.«

Paulus: »Ach, ist das nicht normal?«

»Ja«, sagten alle und lachten.

Er: »Um viertel nach eins Schulschluss.«

Sie: »Lange Mittagspause.«

Er: »Dann kommen ja immer noch die Korrekturen. Das wird ja von allen unterschätzt.«

Paulus: »Niemand arbeitet so hart wie wir.«

Er: »A 13.«

Ritter mochte das alles nicht glauben. Als er zu bedenken gab: »Damit verdient man aber mehr als neunzig Prozent der anderen Arbeitnehmer in Deutschland«, ließen ihn die drei Lehrer einfach stehen.

Die Entscheidungsschlacht

An diesem Morgen schien sich die Sonne nicht nach Heßlinghausen zu trauen. Der Himmel dunkel, immer wieder regnete es aus den tief hängenden Wolken.

Sechzig Minuten vor der ersten Schulstunde reiste die Ministeriumsdelegation an. Im Lehrerkollegium sprach man von den »drei Scharfrichtern«. Ulrich von Mersen, Ministerialdirigent im Kultusministerium und Verwaltungsfachmann, hatte nie in einer Schule unterrichtet. Auch Doktor Gabriele Schaban, Fachbereichsleiterin im Kultusministerium, promovierte Pädagogin, war nie schulisch aktiv gewesen. Nur Jochen Langbein, Studienleiter und zuständig für die Ausbildung der Referendare im Fach Geschichte, unterrichtete seit zwanzig Jahren immerhin noch ganze vier Stunden pro Woche an einem fünfzig Kilometer entfernten Gymnasium. Ins Richterkollegium war er nicht nur berufen worden, damit die Ministerialbürokratie von einem Mann aus der Praxis, wie es hieß, beraten werde, sondern um zugleich Michael Ritters Lehrprobe zu bewerten.

Die drei stiegen aus dem Dienstwagen und vertieften sich auf dem Weg zum Schulgebäude in ein Gespräch über bildungspolitische Leitlinien. Als sie durch den Haupteingang in das Gebäude kamen, wurden sie sofort von einer Frau erspäht, die dabei war, die Pokale in einer Vitrine zu reinigen. Mit dem Putzlappen in der einen und einem Pokal in der anderen Hand stürmte sie der Delegation entgegen.

»Guten Tag, kann ich Ihnen helfen?«, fragte Sieglinde Siegmann mit einer Freundlichkeit, die ihre keiner der Kollegen zugetraut hätte, und tat dabei unwissend, wen sie vor sich hatte.

»Wir kommen vom Kultusministerium und suchen das Büro vom Schulleiter«, antwortete von Mersen.

»Das zeige ich Ihnen gerne. Ich bin zwar gerade dabei, die umfangreiche Pokalsammlung zu reinigen, aber da nehme ich mir selbstverständlich gerne Zeit. Die Pokalsammlung zieht ja viel Arbeit nach sich. Wissen Sie, ich habe in den letzten Jahren mit den Schülern so viele Erfolge gefeiert, da ist eine schier unendliche Zahl an Pokalen zusammengekommen. Ach, ich habe mich noch gar nicht vorgestellt: Sieglinde Siegmann, Studienrätin für Biologie. Ich vergesse das immer, meine Person ist ja nicht wichtig, die Volksge... ääh Gemeinschaft, also die Gemeinschaft ist viel wichtiger.«

Siegmann begleitete die beiden zum Sekretariat, das zugleich das Vorzimmer von Schulleiter Seifert war. Dort wartete schon Paulus.

»Gabriele, meine Liebste. Uns Jesulogen kann man einfach nicht auseinanderreißen.«

Frau Doktor Schaban und Paulus fielen einander in die Arme. Küsschen links, Küsschen rechts. Damit war gleich klar, auch in der Kommission saß mindestens eine Jesulogin. Das bedeutete Heimvorteil für Paulus.

»Du hast dich gar nicht verändert, siehst noch immer blendend aus. Ach, was sage ich, viel besser«, schleimte er und stellte sich so geschickt im Sekretariat auf, dass man nur ins Zimmer des Schulleiters hätte kommen können, wenn man ihn wegdrängen würde.

»Bist du noch immer mit Ruanda so aktiv?«, erkundigte sich Gabriele Schaban.

»Ach, das ist doch nicht der Rede wert«, winkte Paulus ab, und zwar so überdeutlich, dass er die volle Aufmerksamkeit von Mersen und Langbein auf sich zog. »Ich opfere schon viel Freizeit, da hast du natürlich recht. Aber was macht man nicht alles, um den Menschen zu helfen, die ein so schweres Schicksal haben. Und natürlich auch, um ein gutes Schulprojekt zu realisieren. Meine Schüler sind meine Schäfchen, da kann ich nicht aus meiner Haut. Einmal Hirte Gottes, immer Hirte Gottes.« Paulus schaute auf die Uhr, er wollte es nicht überreizen. Daher verkündete er: »Nun muss ich auch schon wieder. Du weißt ja, die Pflicht ruft. Aber wir finden hoffentlich dieser Tage noch einmal eine ruhige Minute, um ausführlicher zu sprechen.« Paulus, der an diesem Tag eigentlich erst zur dritten Stunde Unterricht hatte, täuschte einen hektischen Abgang an.

Nach einem kurzen Plausch im Zimmer des Schulleiters wanderte Seifert mit der Troika zum Lehrerzimmer, um das anstehende Hospitationsverfahren zu besprechen. Als sie hineinkamen, herrschte Stille wie bei einer Beerdigung. Angst lag unverkennbar in der Luft. Jakob Hiener glich einem angeschossenen Wolf, der keine Kraft zum Gegenangriff mehr zu haben schien und sich in sein Schicksal ergeben hatte. Er sah ziemlich derangiert aus. Sein Hemd schaute aus der Hose und in seiner näheren Umgebung roch es verdächtig nach Alkohol. Kaum jemand hatte diese Tragödie, die in den Wochen zuvor ihren Lauf genommen hatte, beachtet, jeder war mit sich selbst beschäftigt gewesen.

Schulleiter Seifert begann: »Liebe Kolleginnen und Kollegen, wie Sie wissen, haben wir heute Besuch aus der Landeshauptstadt. Frau Doktor Schaban, Herr von Mersen und Herr Langbein werden dieser Tage bei jedem hospitieren. Sie kennen den Plan dazu.« Seifert zeigte auf eine Stellwand, an der genau aufgeschlüsselt war, wann die Kommission zu wem in den Unterricht kommen würde. »Nach Abschluss wird die Kommission beraten und die sicher schwere Entscheidung fällen, wer leider unsere Schule verlassen muss. Herr von Mersen, Sie haben das Wort.«

»Verehrte Damen und Herren, ich will nicht viel reden, wir wissen alle, worum es geht. Wir müssen diese Entscheidung fällen, aber machen Sie sich keine Sorgen. Die Theodor-Heuss-Hauptschule ist eine großartige Schule, da wird sich jeder von Ihnen sofort zu Hause fühlen. Also, gehen wir an die Arbeit.«

Paulus fing an zu klatschen, andere fielen ein, aber es blieb ein recht verhaltener Beifall. Innerlich sah es bei den meisten Lehrern wohl so aus: »Sollen die doch hingehen, wenn es da so toll ist.« Oder: »Nie unterrichtet und uns was erzählen, was richtig ist, typisch Ministerium.« Oder: »Sollen die doch gleich die Türkenjungen adoptieren, wenn ihnen so viel an denen liegt.«

Als erstes stand eine Stunde bei Hiener auf dem Plan. Lethargisch machte er sich mit den drei Prüfern auf den Weg in den ersten Stock zur 6d. Von Mersens Versuche, mit dem Oberstudienrat ein Gespräch zu führen, waren nicht sonderlich erfolgreich.

»Wie lange unterrichten Sie die Klasse denn schon?«

»Schon länger.«

»Ist es eher eine leistungsstarke Klasse?«

»Kann sein.«

Es hatte keinen Sinn, Hiener wollte sich nicht unterhalten. Er hatte kapituliert. Sein Leben, das er schon seit langem nicht mochte, war aus den Fugen geraten. Alles war schiefgelaufen. Die Presse, der Elternabend, sein Ruf dahin, er war ruiniert. In wenigen Wochen müsste er an die Heuss wechseln, und er wusste nicht, was schlimmer war: dort mit den kleinen Migrantenteufeln den halben Tag zu verbringen oder nicht mehr Lehrer an einem Gymnasium, sondern nur an einer Hauptschule zu sein. Wie hatte er doch während seines Studiums auf die Studenten herabgeblickt, die sich für das Lehramt an Grund- und Hauptschulen entschieden hatten. Als Bildungsproletariat hatte er sie beschimpft.

Hiener öffnete die Tür zum Klassenraum, ließ die anderen aber nicht vor, sondern nur die Tür hinter sich auf. Er beachtete sie nicht einmal. Die Klasse war wie immer mucksmäuschenstill, zugleich aber auch etwas verwundert: Erstens kamen da drei fremde Menschen mit, zweitens sah Herr Hiener aus wie ein Clochard. Der Schülerdisziplin tat das keinen Abbruch.

Hiener begrüßte die Klasse mit einem lustlosen »Guten Morgen«, die Sechstklässler antworteten langgezogen: »Guten Morgen, Herr Oberstudienrat Hiener!«

Die Troika ging ans Ende des Klassenraums, Stühle waren aber nicht bereitgestellt, Hiener hatte nichts für die Gäste vorbereitet. Schaban fragte eine Sechstklässlerin, ob sie drei Stühle aus dem Nachbarklassenraum holen könne. Sie meldete sich. Hiener nahm sie dran.

»Könnte ich drei Stühle holen?«

»Aber schnell, der Unterricht hat schon längst begonnen. Ich will hier nicht immer warten müssen«, schimpfte er, während in der ersten Reihe die Schüler sich fragten, was für ein komischer Geruch aus Hieners Hals herausströmte.

Viel geplant hatte er nicht. Nur eine Sache, bevor sein Abstieg begann, hatte er sich für diese Hospitationsstunde überlegt, etwas, das er in den Referendarsgesprächen aufgeschnappt hatte und was zurzeit anscheinend absolut angesagt war.

»Heute machen wir Gruppenarbeit!«, verkündete der Oberstudienrat.

Schweigen, Ratlosigkeit bei den Schülern. Gruppenarbeit in Mathe? Bei Hiener? Das hatten sie noch nie gemacht. Die Schüler reagierten nicht, wussten nicht, was sie zu tun hatten.

Ein Schüler meldete sich, Hiener nahm ihn dran. Er fragte: »Und wie sollen wir die Gruppen einteilen?«

Gute Frage, dachte Hiener. »Immer vier oder fünf zusammen und dann im Buch S. 193, Nr. 1 bis 7 lösen.«

Aufgaben, die man auch alleine lösen konnte, sollten nun in einer Gruppenarbeit gelöst werden. Worin da der Sinn liegen konnte, wusste niemand. Aber der noch halbbetrunkene Hiener unterschied sich in der Analyse der Sinnhaftigkeit von Unterrichtsmethoden kaum von den Studienleitern. In der Referendarsausbildung verkündeten sie: Gruppenarbeit sei absolut wichtig, die Sozialkompetenz werde dadurch gefördert, zudem sei auch im späteren Berufsleben immer mehr Teamwork gefragt. Wie allerdings die Gruppen sinnvoll zusammengesetzt werden müssten und aus welcher Motivation heraus, wie die Arbeitsschritte zu organisieren und wie Verantwortlichkeiten aufzuteilen seien, es gab viele Fragen, die der Einsatz von Gruppenarbeit nach sich zog.

Bei Alkoholisierten aber nicht.

Hauptsache Gruppenarbeit.

Nachdem sich die Gruppen selbstständig zusammengefunden hatten und tatsächlich auch niemand übrig geblieben war, alle konzentriert in Einzelarbeit, aber in Gruppen sitzend an den Aufgaben arbeiteten, schrie eine Sechstklässlerin plötzlich laut auf und durchbrach damit das Schweigen. Alle schauten zu ihr, die die Fingerkuppen ihrer linken Hand in ihren Mund geführt hatte, ängstlich darauf biss und mit weit aufgerissenen Augen gen Fenster schaute. Dann wanderten die Blicke der Masse zur Fensterfront. Was war das? Die Beine eines Mannes waren zu sehen, die Hose dreckig. Langsam war immer mehr von ihm zu sehen, wie mit einem Fahrstuhl fuhr er nach unten.

Zugleich hörte man Kinder singen, ihre engelsgleichen Stimmen drangen durch den Flur und durch das geöffnete Fenster in den Klassenraum:

»Wir danken dir, Herr Jesu Christ, dass du vom Tod erstanden bist und hast dem Tod zerstört sein Macht und uns zum Leben wiederbracht. Halleluja.

Wir bitten dich durch deine Gnad: Nimm von uns unsre Missetat und hilf uns durch die Güte dein, dass wir dein treuen Diener sein. Halleluja.«

Der Kopf des Mannes erschien, hinter ihm sah man das helle Licht. Die Sonne hatte sich für einen kurzen Moment durch die dunkle Wolkenmauer gekämpft. Und alle fragten sich, wer er sei. Ein Mann mit Bart und längeren Haaren, kein König mit Prunk, allein seine verschmutzte Kleidung zeigte, er war ein Mann aus einfachen Verhältnissen. Vom Himmel herabgefahren und doch ein Mensch aus Fleisch und Blut.

Er schaute streng ins Klassenzimmer. Dann ging sein Blick zu Jakob Hiener. Der Mann zeigte mit dem Finger auf den Oberstudienrat und erhob eine Dose. Unmittelbar danach schaute er in die Luft und zeigte den Daumen nach unten. So fuhr er weiter herab, bis er nicht mehr zu sehen war.

Hiener erschrak. Der atheistische Mathematik-, Physik- und Philosophielehrer hatte ein religiöses Erlebnis, sein Erweckungserlebnis. Der Herr Jesus war gekommen und brachte ihm eine persönliche Botschaft. Es fiel ihm wie Schuppen von den Augen, das Zeichen war eindeutig: Wenn er jetzt nicht umkehren würde, müsste er seine Zukunft in der Hölle verbringen.

Hiener war plötzlich hellwach, der Schock saß ihm in den Gliedern. Er war wie ausgewechselt. Der Herr war ihm erschienen, die Umkehr stand an. So ging er auf die Schüler zu, fragte freundlichst, ob sie Hilfe brauchten, erläuterte mit ruhiger Stimme, wie die Aufgabe zu lösen sei.

Es klingelte. »Schade, dass es schon vorbei ist. Ich freue mich auf die nächste Stunde«, schloss der Oberstudienrat den Unterricht.

Sport bei Manfred Langer, fächerübergreifend mit Biologielehrerin Siegmann. Die Vorbereitung auf die Leichtathletik-Bundesjugendspiele bildete die didaktische Begründung für diese Stunde, die aus einer Tätigkeit bestand: Laufen über Hindernisse. Vor der Turnhalle hatte Siegmann für die Troika Stühle hinstellen lassen, dazu Getränke und Schnittchen. Sie wollte sich sportlich zeigen, nicht nur in ihrem hellbraunen Trainingsanzug, sondern auch, indem sie sich nicht hinsetzte. Die Schüler mussten nun zahlreiche Runden um die Schule rennen. Immer wieder, Endlosschleifen.

Sportobmann Langer erläuterte der Delegation aus dem Ministerium das Vorgehen: »Das müssen wir machen, das ist die beste Turniervorbereitung, die man machen kann. Normalerweise läuft der Sportunterricht anders ab, aber die Konkurrenz ist groß, da muss ich die Schüler unmittelbar vor dem Wettkampf bestmöglich vorbereiten.« Das war zwar gelogen, schließlich liefen seine Sportstunden fast immer so ab, andererseits konnte er darauf hoffen, dass weder die

Vertreter aus dem Ministerium noch der Studienleiter für Geschichte die geringste Ahnung vom modernen Sportunterricht hatten. Siegmann ergänzte: »Fächerübergreifend arbeiten wir immer zusammen. Nachher messen alle den Puls.«

So ließen es sich die drei gut gehen. Die Schnittchen schmeckten durchaus, es war gemütlich. Die Troika diskutierte über die neuesten schulpolitischen Entwicklungen, interessierte sich kaum noch für den Sport- und Biologieunterricht.

Religion bei Doktor Paulus. Was sollte man anderes erwarten als einen Jesulog? Nichts. Wie immer verband er biblische Themen mit Ruanda, dazu noch personalisiert anhand des kleinen Bizimana.

In seiner kurzen Erläuterung zu seinem extra schriftlich angefertigten Unterrichtsentwurf schrieb er: »Man muss versuchen, den Unterricht dort anzusetzen, wo die Lebenswelt der Schüler ist. Bizimana ist so alt wie sie, da können sie sich gut in seine Lage versetzen.« Das war zwar Unsinn, schließlich war die Welt des kleinen Jungen aus Ruanda so weit weg von den Whatsapp-Kindern aus Heßlinghausen wie nur irgend möglich, aber es klang plausibel.

Während einer Arbeitsphase der Schüler nutzte der Religionspädagoge die Chance, mit der Troika zu sprechen: »Unsere Schule ist ja auch ganz schön in die Presse gekommen«, merkte er scheinbar ohne Hintergrund an.

»Ja, wir haben davon gehört. Was war denn da genau los?«, fragte die Jesulogin Schaban.

»Ich möchte das ja eigentlich gar nicht sagen«, antwortete Paulus, um eine Nachfrage zu ernten, die prompt kam. So begann er zu den dreien zu flüstern und führte dazu seine Hand an den Mund, um angeblich zu verhindern, dass die Schüler etwas von dem Gespräch mitbekamen.

»Bei uns gab es Proteste gegen die Versetzungen an die Hauptschule. Kollege Hiener hat anscheinend besonders Angst, von ihm ging der ganze Protest aus. Wissen Sie, mir ist das ganz gleich, an welcher Schule ich arbeite, das Feld des Herrn endet nicht an einer Schulmauer, auch wenn ich hier natürlich am meisten gebraucht werde. Wir sind dort gefordert, wo der Herr uns hinberuft. Nur aus solchen Demonstrationen gegen die staatlichen Entscheidungen halte ich mich raus. Für mich gilt da die Schrift: Römer 13, Sie wissen schon. Ich wollte mit diesen regierungsfeindlichen Aktionen nichts zu tun haben.«

Als nächstes musste Ritter sich der Begutachtung stellen. Zwar stand er nicht unter demselben Druck wie die Lehrer, musste er während der Ausbildung nicht wirklich den Wechsel der Schule befürchten, aber sein Druck war dennoch ähnlich groß. Von dieser Lehrprobe hing es ab, welchen Eindruck er beim Studienleiter Langbein hinterließ, der später über seine Staatsexamensnote zu entscheiden hatte. Poolposition im Staatsexamen oder Start in der letzten Reihe, das war hier die Frage. Zukunftsangst war in diesen Tagen also auch sein Begleiter.

Er plante die Lehrprobe für die zehnte Klasse in Geschichte, eingebunden sollte sie in eine Unterrichtseinheit über die DDR sein. Damit war er unter der Geschichtslehrerschaft fast schon eine Ausnahme, schafften es die meisten doch höchstens, das Ende der zehnten Klasse mit dem Ende des Zweiten Weltkriegs zu beschließen. Dabei war weniger das Problem, dass man sich Ewigkeiten mit dem Nationalsozialismus befasste, sondern sich schon mit der Französischen Revolution so lange aufhielt, bis es den Kindern aus den Ohren rauskam.

Nun also mal etwas Neues, obwohl es der Lehrplan schon seit fast fünfzig Jahren vorsah: Karl Marx. Ritter hatte sich die Worte seines Mentors zu eigen gemacht, diese Lehrproben seien Theateraufführungen, man müsse sie gut inszenieren. Und er dachte sich: Große Theaterstücke müssen nicht nur gut, sondern auch pompös inszeniert sein. Weg vom Minimalismus, lautete seine Devise.

Die Zehntklässler marschierten nacheinander in den Klassenraum. Alle waren zum ersten Mal überpünktlich, drei Minuten vor dem Klingeln hatten sie sich eingefunden, sogar Hellfeuer war schon da. Hier zeigte sich, dass sich Ritter im Zweifel auf die Schüler verlassen konnte. Er hatte sie eingeschworen, dass es hier für ihn um sehr viel ginge, er auf die Hilfe der Schüler angewiesen sei. Sie mochten ihn, sie unterstützten ihn.

Die Taktik, die Schüler mit ins Boot zu holen, konnte auch nach hinten losgehen, bedeutete dieses ins Vertrauenziehen doch auch ein gewisses Risiko. Jakob Hiener war einst als Referendar ähnlich verfahren, hatte mit der Klasse jedoch größere Probleme. Als er dann kurz vor seinem Zweiten Staatsexamen die Schüler zusammengestaucht hatte, lehnte sich einer zurück, verschränkte die Arme, grinste süffisant und fragte den damaligen Referendar: »Herr Hiener, wann war noch gleich Ihre Examenslehrprobe?«

Die Schüler nahmen Platz, kurz danach auch die Troika sowie Mentor Meierhold. Vorne neben Ritter konnte man ein Stofflaken sehen, das etwas Großes bedeckte: Der verhüllte Berg war ungefähr zwei Meter groß und bestimmt eineinhalb Meter breit.

Das Interesse der Schüler und auch der Gäste wurde sofort geweckt: Was befand sich darunter? Wie hatte Ritter das ins Klassenzimmer transportiert? Oder bestand alles nur aus Hülle? Hatte er wie Christo und Jeanne-Claude den Reichstag verhüllt, vielleicht in einer Miniaturausgabe? Ein fächerübergreifender Ansatz mit Kunst? Innovativ und vor allem eines, was immer wieder die Studienleiter beeindruckte: Hatte man so etwas noch nie zuvor im Unterricht gesehen, konnte man damit zahlreiche Innovationspluspunkte abstauben?

Ritter ging langsam durch die Klasse, sagte kein Wort, schaute alle an. Ruhe war längst eingekehrt, obwohl die Stunde offiziell noch nicht begonnen hatte. Langbein, von Mersen und Schaban nickten sich zu und signalisierten Anerkennung.

Ritter schlich nach vorne, es klingelte zum Stundenbeginn, eine Sekunde danach rief der Referendar: »Guten Morgen«, und es hallte zurück: »Guten Morgen«.

Wie einst Magier David Copperfield ging er vor dem Verhüllten kurz auf und ab, stellte sich rechts davor, wedelte etwas mit seinen Armen, bis sie im Neunziggradwinkel ausstreckt von ihm zeigten. Mit seiner linken Hand fasste er das Laken, schaute etwas diabolisch und riss das Tuch fort.

»Boah, krass!«, stießen mehrere Schüler aus. Das hatte weder das Goethe-Gymnasium noch die Referendarsbühne je gesehen. Budenzauber auf seiner höchsten Stufe.

Vorne stand eine riesige, in Stein gehauene Skulptur, die Karl Marx zeigte. Abgebildet war der Kopf und der Oberkörper. Marx, wie immer voll bebartet, blickte entschlossen die Schüler und die Zuschauer in der letzten Reihe an, seine rechte Hand war zur Faust geballt.

Zuerst ließ Ritter die Schüler die Statue beschreiben. Natürlich mit stillem Impuls. Ritter sagte kein Wort, aber die Schüler wussten dennoch, was sie zu tun hatten. Die Finger schnellten nach oben und das in einer Zahl, wie Ritter es zuvor noch nie gesehen hatte. Hier kämpften die Schauspieler für ihren Regisseur.

Nach der Beschreibung der Statue folgten Deutungen und Erklärungsansätze. Auch hier klappte fast alles, die Schüler lieferten: Übertriebene Darstellung von Personen, Personenkult, der Mann zeigt mit seiner geballten Faust Entschlossenheit. Nur wer der Mann war, darauf kamen die Schüler nicht.

Aber manchmal braucht man das Glück des Tüchtigen. Ritter hatte es, denn von draußen hörte man einen Mädchenchor, der anscheinend durch das Gebäude zog. Die Troika nutzte die Chance, bat für einen kurzen Moment um Entschuldigung, meinte, Ritter solle einfach mit dem Unterricht fortfahren, man sei gleich wieder da.

Als die drei vor der Tür den Auftritt des Chors bestaunten, soufflierte Ritter der Klasse zu: »Karl Marx.«

Kurz danach kamen die drei zurück. Ritter dachte sich, er riskiere etwas: »Es ist ja noch eine Frage offen und die Antwort darauf solltet Ihr alle wissen, wenn Ihr bei mir etwas gelernt habt: Wer ist denn hier abgebildet?«

Alle Finger schnellten nach oben. Ritter nutzte die Chance und sagte: »Okay, dann alle zugleich, hier sehen wir ...«

»Karl Marx«, rief der Theaterchor.

Anerkennendes Nicken aus dem Troika-Publikum und vor allem von Studienleiter Langbein. Der Unterrichtseinstieg war ein voller Erfolg. Die Fahrt ins Industriegebiet schien sich nun doch auszuzahlen. Dort gottverlassen, nun aber mit Hilfe von Karl Marx zurück auf der Bühne des Referendarslebens, um direkt auf die A13 abzubiegen.

Auch den nächsten Schritt hatten die Schüler verinnerlicht: Sie formulierten Fragen, die in dieser Unterrichtsstunde zu beantworten seien. Dabei auch die Frage, auf die Ritter hinaus wollte: »Hat es Marx verdient, so geehrt zu werden?« Die anderen Fragen wurden in die folgenden Stunden verlegt oder in die Ewigkeit, weil man sich ihnen nie widmen würde.

Arbeitsteilig arbeitete die Klasse – selbstverständlich in Gruppenarbeit – verschiedene Perspektiven zu Karl Marx heraus. Neoliberale Kritik, DDR-Literatur, sozialdemokratische und christdemokratische Stimmen. In einer anschließend inszenierten Debatte mit jeweils zugewiesenen Rollen diskutierten die Schüler die Leitfrage aus.

In den letzten zehn Minuten wurden die Schüler aus ihren Rollen entlassen. Alle Argumente lagen auf dem Tisch, sie sollten sich nun persönlich positionieren: Hat es Marx verdient, so geehrt zu werden? Damit die Schüler zuhause alles noch einmal reflektierten, hatte sich Michael Ritter eine besondere Hausaufgabe ausgedacht: Sie sollten einen Brief an den Bundesverkehrsminister schreiben, der vor kurzem gefordert hatte, ein Marx-Engels-Denkmal aus dem Zentrum Berlins verschwinden zu lassen. So wurde Geschichtsunterricht mit dem aktuellen politischen Geschehen verbunden.

Als die Schüler gerade dabei waren, die Hausaufgabe von der Tafel abzuschreiben – Ritter hatte sie selbstverständlich vor der Stunde schon dort notiert –, klingelte es. Kurz nachdem die Schulglocke aufgehört hatte zu schellen, ging das Fenster auf. Ein Mann hatte es aufgestoßen. Die Troika traute ihren Augen nicht. »Jesus!«, sagte Jesulogin Schaban. Vor dem Fenster draußen stand der Mann, der kurz zuvor im Unterricht von Jakob Hiener erschienen war. Neben ihm nun ein zweiter Mann. Petrus?

Der Mann mit den langen Haaren und dem Bart sprach zu Ritter und zeigte auf die übergroße Statue: »So! Können wir das Ding jetzt endlich abholen? 10 Uhr 30 war vereinbart, wir haben nun schon 10 Uhr 31, sonst kostet das extra. Und der Kran ist nicht billig.«

Urteilssprüche

Zwei Tage weilte die Troika in Heßlinghausen. Nun war der Tag der Entscheidung gekommen. Der Lehrkörper des Goethe-Gymnasiums hatte sich im Lehrerzimmer eingefunden. Niemand war krank an diesem Tag, keiner fehlte. Auch Sieglinde Siegmann schien sich erholt zu haben, hatte sie sich doch nach ihrer Biostunde krankgemeldet und somit ihre Hospitationsstunde in ihrem zweiten Fach umgangen.

Von Mersen übernahm die Urteilsverkündung.

»Zuerst einmal möchte ich meinen positiven Eindruck von der Schule an Sie weitergeben. Wir haben sehr guten Unterricht gesehen, und man merkt, dass hier auch ansonsten gut gearbeitet wird. Wenn wir über Bildung sprechen, dann geht es immer auch um die Zukunft. Daher möchte ich eines besonders hervorheben: Ihre Arbeit für die Zukunft ist ausgezeichnet, und zwar insbesondere bezüglich der Lehrerausbildung.

Wir haben bei Herrn Michael Ritter eine Geschichtsstunde gesehen, die ihresgleichen sucht. Lehrplankonform, innovativ, kreativ, es war atemberaubend. Wenn die Bildung und insbesondere die historische im ganzen Land so aussähe, müssten wir uns um sie keine Sorgen machen. Ich kann nur sagen: Das ist exzellenter Unterricht.

Und all das verwundert nicht, Herr Seifert hat uns auch einen kurzen Einblick in Ihr bahnbrechendes Projekt GH 2020 gegeben. Es ist wirklich beeindruckend, beispielgebend für das ganze Land. Auch deswegen sagen wir: vielen Dank, Herr Ritter. Sobald Sie Ihr Referendariat beendet haben, sollten sie sich bei uns melden, im Ministerium werden wir bald eine Stelle für den Landesbeauftragten für Hochbegabung einrichten. Mit Ihrer Expertise wären Sie die optimale Besetzung.«

Das war wohl der Ritterschlag für Ritter. Schulleiter Seifert nickte ihm anerkennend zu. Meierhold war der erste, der zu klatschen begann, alle anderen zogen nach.

Tatsächlich interessierte die meisten aber mehr, wie die Entscheidung in Sachen Hauptschule getroffen wurde. Sie sollte folgen.

»Ich weiß, dass Herr Seifert alles versucht hat, dass niemand diese Schule verlassen muss. Wir haben aber unsere finanziellen Zwänge.«

Von Mersen blickte in enttäuschte Lehrergesichter. »Aber wenn Herr Ritter demnächst ins Ministerium gehen sollte, wird hier ja wieder eine Stelle frei.«

Die Lehrergesichter hellten sich ob der vagen Aussicht auf.

»Es ist schwer, eine Entscheidung zu fällen, wer diese Schule verlassen soll. Sie können uns glauben, wir haben es uns nicht einfach gemacht. Sie wissen, dass das Ministerium die Hauptschulen stärken will, daher sollen Lehrkräfte von den Gymnasien dorthin abgezogen werden. Und wir wollen die beste Kräfte haben, auch an den Hauptschulen. Verstehen Sie es nicht so, als würden hier, an dieser Schule, die besten Leute nicht gebraucht, aber nebenan eben noch mehr.«

Das durchbrach die Logik der Gymnasiallehrer, galt ihnen doch die klare Hierarchie als gesetzt: oben das Gymnasium, dann die Realschule, am Ende die Hauptschule. Sollte jemand vom Gymnasium abgeschoben werden, musste es demnach das langsamste Pferd im Stall sein.

Von Mersen fuhr fort und seine Stimme klang ähnlich der eines Showmasters, der die Spannung mit der Ansage »The winner is …« steigerte: »Daher wird ab dem nächsten Schuljahr zum einen an die Heuss-Hauptschule gehen: Herr Meierhold.«

Ein verwundertes Raunen ging durch den Raum. Meierhold zog die Augenbrauen hoch. Er war schon ein wenig enttäuscht, hatte er am Goethe-Gymnasium doch vieles aufgebaut, wie beispielsweise die Schülervertretung. Aber er nahm es sportlich, akzeptierte schnell die Notwendigkeit.

»Als zweites«, fuhr von Mersen fort, »wird ab dem nächsten Schuljahr der hochgeschätzte Doktor Paulus die Heuss-Schule beehren.«

Man hörte jeden durchatmen und spürte Erleichterung an allen Ecken und Enden.

Paulus starrte in Richtung Troika, vorerst nicht in der Lage, Worte zu finden. Nach einer knappen halben Minute fiel er auf die Knie, streckte die Arme seitlich vom Körper bis in die Waagerechte, blickte gen Decke des Lehrerzimmers und stöhnte laut: »Mein Gott, mein Gott, warum hast du mich verlassen?«

GOOD BYE, GOETHE

Ritter und Paulus hatten sich zwei Stühle genommen und mitten in den Flur gestellt. Seit 22 Uhr saßen sie hier und hatten den perfekten Überblick, sowohl über ihre eigene Klasse als auch über die zweite Hälfte des Flures, wo eine andere Schulklasse einquartiert war. Kein Schüler konnte sich ihrem Blick entziehen, kein Junge zu den Mädchen rüberlaufen, kein Mädchen zu den Jungs.

Die Abschlussfahrt für die neunte Klasse hatte Paulus als Klassenlehrer schon lange geplant, weit vor der Entscheidung über seine Versetzung an die Heuss-Hauptschule. Jetzt würde sie eine seiner letzten Amtshandlungen am Goethe-Gymnasium sein.

Seifert hatte angeordnet, dass Michael Ritter als Begleitperson dabei sein solle, damit er seinen Erfahrungsschatz erweitere.

Gerade wollte einer der Schüler das WC aufsuchen. Er fragte höflich, ob das erlaubt sei. Paulus stimmte zu. Als der Junge wiederkam und sich in sein Zimmer schlich, ahnte Paulus etwas. Der Getränkeautomat war nicht vom Posten der beiden Lehrkräfte aus einzusehen, befand sich aber unmittelbar neben dem WC. Paulus marschierte ins Zimmer seines Schülers. Dort stand der Junge, die Hände hinter seinem Rücken. Paulus fühlte sich in seiner Vermutung bestätigt: Offensichtlich versteckte der Junge etwas.

»Los, zeig das her!«

Der Schüler zierte sich, gab aber bald nach und zeigte Paulus die kleine Flasche Cola.

»Das meinst du nicht ernst, du hast dir hier keine Cola gekauft. Das habe ich euch ausdrücklich verboten«, empörte sich der Pädagoge. »Dann kannst du morgen mal schön Tischdienst machen.«

Als Paulus zu Ritter zurückkehrte, herrschte auf ihrem Teil des Flures Ruhe, am anderen Ende hingegen ein Höllenlärm. Auch diese Schüler waren Neuntklässler. Paulus sagte zu Ritter: »Migrantenkinder sprechen eine Sprache, die dem Deutschen ähneln soll.« Die Situation am anderen Ende des Flurs missfiel ihm nicht nur, sie machte ihm Angst. »Die Osmanen in Europa, das haben wir nun davon«, flüsterte er vor sich hin.

Zwei der Schüler, besonders kräftige Exemplare, verließen ihren Flurbereich und gingen in Richtung Gymnasialzone, direkt auf Paulus und Ritter zu. Paulus schwante Schlimmes. Seine Gedanken wanderten ins Jahr 1683 zu den Truppen des Heiligen Römischen Reiches, die Wien vor den Angreifern aus dem Osmanischen Reich verteidigt hatten.

»Ey, ihr seid also vom Gym, Digga?«

»Ja, genau. Und ihr?«, fragte Ritter.

»Weissde, Heuss-Schule, Digga.«

»Und wo sind eure Lehrer?«, wollte Ritter wissen.

»Weiß nicht, Digga.«

Nun schaltete sich Paulus ein: »Kümmern die sich nicht um euch?«

»Digga, lass den Meier in Ruhe, der ist voll der coole Checker.«

Paulus zuckte zusammen. Ritter fragte nach: »Okay, und was ist an dem so cool?«

»Der ist voll in Ordnung, Digga. Der hat Respekt vor uns, Digga. Hat sonst doch keiner dieser Scheißlehrer. Auf den kann man sich verlassen, Digga«, ergänzte der andere und zupfte dabei an seinem Goldkettchen.

Dann kam jemand durch die Eingangstür. Die Gestalt trug Kapuzenpullover, bis in die Knie hängende Jeans und hatte eine gepiercte Augenbraue. Vermutlich absolviert der gerade sein freiwilliges soziales Jahr, dachte Paulus.

Die Gestalt kam direkt auf die Gymnasiallehrer zu. Dort angekommen, schlug er mit den Jungs die Fäuste gegeneinander und meinte: »Alles klar hier?«

»Joah, Herr Meier, haben hier mal die Lage gecheckt. Bisschen abgetalkt mit den beiden hier. Sind ganz gechillt.«

»Gut, dann geht aber jetzt bitte auf euer Zimmer«, sagte der Hauptschullehrer, woraufhin die beiden tatsächlich brav abzogen.

»Ihr seid also Lehrer am Goethe-Gymnasium?«, fragte die gepiercte Lehrkraft.

Paulus war über das Duzen empört.

Ritter antwortete: »Ja, aber ich bin noch im Referendariat.«

»Und danach, bleibst du im Schuldienst?«, wollte der Lehrer der Theodor-Heuss-Hauptschule wissen.

»Ja, da bin ich mir inzwischen ziemlich sicher.«

»Sehr richtig. Wir haben einfach einen verdammt geilen Job.«

ISBN 978-3-359-01348-8

Umschlaggestaltung: Verlag, Karoline Grunske,
Printed in EU

Die Bücher des Eulenspiegel Verlags erscheinen
in der Eulenspiegel Verlagsgruppe.

www.eulenspiegel.com